**DAILY PLANNER 2**

This Planner belongs to

....
....
....
....
....
....
....

SCAN ME

BIRTHDAY CALENDAR

January

February

March

April

May

June

July
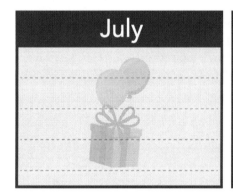

August

September

October

November

December

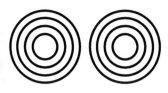

CONTACT

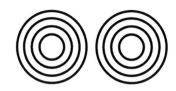

NAME	CONTACT	NOTES

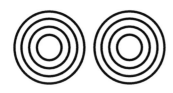 # CONTACT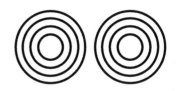

NAME	CONTACT	NOTES

 # CALENDAR 2023

2023 January

Sun	Mon	Tue	Wed	Thu	Fri	Sat
1	2	3	4	5	6	7
8	9	10	11	12	13	14
15	16	17	18	19	20	21
22	23	24	25	26	27	28
29	30	31				

2023 February

Sun	Mon	Tue	Wed	Thu	Fri	Sat
			1	2	3	4
5	6	7	8	9	10	11
12	13	14	15	16	17	18
19	20	21	22	23	24	25
26	27	28				

2023 March

Sun	Mon	Tue	Wed	Thu	Fri	Sat
			1	2	3	4
5	6	7	8	9	10	11
12	13	14	15	16	17	18
19	20	21	22	23	24	25
26	27	28	29	30	31	

2023 April

Sun	Mon	Tue	Wed	Thu	Fri	Sat
						1
2	3	4	5	6	7	8
9	10	11	12	13	14	15
16	17	18	19	20	21	22
23	24	25	26	27	28	29
30						

2023 May

Sun	Mon	Tue	Wed	Thu	Fri	Sat
	1	2	3	4	5	6
7	8	9	10	11	12	13
14	15	16	17	18	19	20
21	22	23	24	25	26	27
28	29	30	31			

2023 June

Sun	Mon	Tue	Wed	Thu	Fri	Sat
				1	2	3
4	5	6	7	8	9	10
11	12	13	14	15	16	17
18	19	20	21	22	23	24
25	26	27	28	29	30	

2023 July

Sun	Mon	Tue	Wed	Thu	Fri	Sat
						1
2	3	4	5	6	7	8
9	10	11	12	13	14	15
16	17	18	19	20	21	22
23	24	25	26	27	28	29
30	31					

2023 August

Sun	Mon	Tue	Wed	Thu	Fri	Sat
		1	2	3	4	5
6	7	8	9	10	11	12
13	14	15	16	17	18	19
20	21	22	23	24	25	26
27	28	29	30	31		

2023 September

Sun	Mon	Tue	Wed	Thu	Fri	Sat
					1	2
3	4	5	6	7	8	9
10	11	12	13	14	15	16
17	18	19	20	21	22	23
24	25	26	27	28	29	30

2023 October

Sun	Mon	Tue	Wed	Thu	Fri	Sat
1	2	3	4	5	6	7
8	9	10	11	12	13	14
15	16	17	18	19	20	21
22	23	24	25	26	27	28
29	30	31				

2023 November

Sun	Mon	Tue	Wed	Thu	Fri	Sat
			1	2	3	4
5	6	7	8	9	10	11
12	13	14	15	16	17	18
19	20	21	22	23	24	25
26	27	28	29	30		

2023 December

Sun	Mon	Tue	Wed	Thu	Fri	Sat
					1	2
3	4	5	6	7	8	9
10	11	12	13	14	15	16
17	18	19	20	21	22	23
24	25	26	27	28	29	30
31						

 # CALENDAR 2023

JANUARY

1 Jan	Sat	New Year's Day
17 Jan	Mon	Martin Luther King Jr. Birthday
17 Jan	Mon	Robert E. Lee's Birthday
19 Jan	Wed	Confederate Heroes Day

FEBRUARY

4 Feb	Fri	Rosa Parks Day
11 Feb	Fri	Lincoln's Birthday Holiday
12 Feb	Sat	Lincoln's Birthday
21 Feb	Mon	President's Day
21 Feb	Mon	Daisy Gatson Bates Day

MARCH

1 Mar	Tue	Mardi Gras Day
1 Mar	Tue	Town Meeting Day
2 Mar	Wed	Texas Independence Day
26 Mar	Sat	Prince Jonah Kuhio Kalanianaole Day
28 Mar	Mon	Seward's Day
31 Mar	Thu	César Chávez Day

APRIL

15 Apr	Fri	Good Friday
16 Apr	Sat	DC Emancipation Day
18 Apr	Mon	Patriots Day
21 Apr	Thu	San Jacinto Day
25 Apr	Mon	Confederate Memorial Day
29 Apr	Fri	Arbor Day

MAY

9 May	Mon	Truman Day
10 May	Tue	Confederate Memorial Day
30 May	Mon	Memorial Day

JUNE

6 Jun	Mon	Jefferson Davis Birthday
11 Jun	Sat	King Kamehameha Day
17 Jun	Fri	Juneteenth
19 Jun	Sun	Juneteenth
20 Jun	Mon	West Virginia Day

JULY

4 Jul	Mon	Independence Day National
24 Jul	Sun	Pioneer Day
25 Jul	Mon	Pioneer Day Holiday
8 Aug	Mon	Victory Day

AUGUST

16 Aug	Tue	Bennington Battle Day
19 Aug	Fri	Statehood Day
27 Aug	Sat	Lyndon B Johnson Day

SEPTEMBER

| 5 Sep | Mon | Labor Day |

OCTOBER

3 Oct	Mon	Frances Xavier Cabrini Day
10 Oct	Mon	Columbus Day
10 Oct	Mon	Native American Day
18 Oct	Tue	Alaska Day
28 Oct	Fri	Nevada Day

NOVEMBER

8 Nov	Tue	General Election Day
11 Nov	Fri	Veterans Day
24 Nov	Thu	Thanksgiving Day
25 Nov	Fri	Family Day
25 Nov	Fri	Lincoln's Birthday Holiday
25 Nov	Fri	Thanksgiving Friday
25 Nov	Fri	Georgia State Holiday
25 Nov	Fri	American Indian Heritage Day
25 Nov	Fri	President's Day Holiday

DECEMBER

1 Dec	Thu	Rosa Parks Day
23 Dec	Fri	Washington's Birthday Holiday
23 Dec	Fri	Christmas Holiday
24 Dec	Sat	Christmas Eve
25 Dec	Sun	Christmas Day
26 Dec	Mon	Christmas Holiday
26 Dec	Mon	Christmas Holiday
27 Dec	Tue	Christmas Holiday
31 Dec	Sat	New Year's Eve

 # JANUARY 2023

Sun	Mon	Tue	Wed	Thu	Fri	Sat
1	2	3	4	5	6	7
8	9	10	11	12	13	14
15	16	17	18	19	20	21
22	23	24	25	26	27	28
29	30	31				

NOTES:

APPOINTMENT:

SUNDAY
January 01, 2023

⏱ TIME

- - : - -	
- - : - -	
- - : - -	
- - : - -	
- - : - -	
- - : - -	
- - : - -	
- - : - -	
- - : - -	
- - : - -	
- - : - -	
- - : - -	
- - : - -	
- - : - -	
- - : - -	
- - : - -	
- - : - -	

📝 NOTES:

....
....
....
....
....
....
....
....
....
....
....

☆ PRIORITIES

- ....
- ....
- ....
- ....
- ....
- ....
- ....
- ....
- ....

🎯 GOALS

- ....
- ....
- ....
- ....
- ....
- ....

☑ TO DO

- .... ☐
- .... ☐
- .... ☐
- .... ☐
- .... ☐
- .... ☐
- .... ☐
- .... ☐
- .... ☐
- .... ☐
- .... ☐
- .... ☐
- .... ☐
- .... ☐

MONDAY
January 02, 2023

⏱ TIME

-- : --
-- : --
-- : --
-- : --
-- : --
-- : --
-- : --
-- : --
-- : --
-- : --
-- : --
-- : --
-- : --
-- : --
-- : --
-- : --
-- : --

📝 NOTES:

⭐ PRIORITIES

◎ GOALS

☑ TO DO

- ☐
- ☐
- ☐
- ☐
- ☐
- ☐
- ☐
- ☐
- ☐
- ☐
- ☐
- ☐
- ☐
- ☐
- ☐

TUESDAY
January 03, 2023

⏱ TIME

- - : - -
- - : - -
- - : - -
- - : - -
- - : - -
- - : - -
- - : - -
- - : - -
- - : - -
- - : - -
- - : - -
- - : - -
- - : - -
- - : - -
- - : - -
- - : - -

📝 NOTES:

⭐ PRIORITIES

- ....
- ....
- ....
- ....
- ....
- ....
- ....
- ....
- ....

🎯 GOALS

- ....
- ....
- ....
- ....
- ....
- ....

☑ TO DO

- .... ☐
- .... ☐
- .... ☐
- .... ☐
- .... ☐
- .... ☐
- .... ☐
- .... ☐
- .... ☐
- .... ☐
- .... ☐
- .... ☐
- .... ☐

 # WEDNESDAY

January 04, 2023

TIME

```
-- : --
-- : --
-- : --
-- : --
-- : --
-- : --
-- : --
-- : --
-- : --
-- : --
-- : --
-- : --
-- : --
-- : --
-- : --
-- : --
-- : --
```

NOTES:

PRIORITIES

GOALS

TO DO

THURSDAY
January 05, 2023

⏱ TIME

- - : - -
- - : - -
- - : - -
- - : - -
- - : - -
- - : - -
- - : - -
- - : - -
- - : - -
- - : - -
- - : - -
- - : - -
- - : - -
- - : - -
- - : - -

📝 NOTES:

....
....
....
....
....
....
....
....
....
....
....
....

⭐ PRIORITIES

- ....
- ....
- ....
- ....
- ....
- ....
- ....
- ....
- ....

🎯 GOALS

- ....
- ....
- ....
- ....
- ....

☑ TO DO

- .... ☐
- .... ☐
- .... ☐
- .... ☐
- .... ☐
- .... ☐
- .... ☐
- .... ☐
- .... ☐
- .... ☐
- .... ☐
- .... ☐
- .... ☐

FRIDAY

January 06, 2023

TIME

-- : --

-- : --

-- : --

-- : --

-- : --

-- : --

-- : --

-- : --

-- : --

-- : --

-- : --

-- : --

-- : --

-- : --

-- : --

NOTES:

PRIORITIES

GOALS

TO DO

SATURDAY
January 07, 2023

⏱ TIME

- - : - -	
- - : - -	
- - : - -	
- - : - -	
- - : - -	
- - : - -	
- - : - -	
- - : - -	
- - : - -	
- - : - -	
- - : - -	
- - : - -	
- - : - -	
- - : - -	
- - : - -	

📝 NOTES:

....
....
....
....
....
....
....
....
....
....
....

⭐ PRIORITIES

• ....
• ....
• ....
• ....
• ....
• ....
• ....
• ....
• ....
• ....

🎯 GOALS

• ....
• ....
• ....
• ....
• ....
• ....

☑ TO DO

• .... ☐
• .... ☐
• .... ☐
• .... ☐
• .... ☐
• .... ☐
• .... ☐
• .... ☐
• .... ☐
• .... ☐
• .... ☐
• .... ☐
• .... ☐
• .... ☐

SUNDAY
January 08, 2023

⏱ TIME

- - : - -	
- - : - -	
- - : - -	
- - : - -	
- - : - -	
- - : - -	
- - : - -	
- - : - -	
- - : - -	
- - : - -	
- - : - -	
- - : - -	
- - : - -	
- - : - -	
- - : - -	
- - : - -	

📝 NOTES:

☆ PRIORITIES

◎ GOALS

☑ TO DO

☐
☐
☐
☐
☐
☐
☐
☐
☐
☐
☐
☐
☐
☐

MONDAY
January 09, 2023

⏱ TIME

- - : - -

- - : - -

- - : - -

- - : - -

- - : - -

- - : - -

- - : - -

- - : - -

- - : - -

- - : - -

- - : - -

- - : - -

- - : - -

- - : - -

- - : - -

- - : - -

📝 NOTES:

....

....

....

....

....

....

....

....

....

....

....

⭐ PRIORITIES

- ....
- ....
- ....
- ....
- ....
- ....
- ....
- ....
- ....

🎯 GOALS

- ....
- ....
- ....
- ....
- ....

☑ TO DO

- .... ☐
- .... ☐
- .... ☐
- .... ☐
- .... ☐
- .... ☐
- .... ☐
- .... ☐
- .... ☐
- .... ☐
- .... ☐
- .... ☐
- .... ☐
- .... ☐

 # TUESDAY
January 10, 2023

⏱ TIME

--:--	
--:--	
--:--	
--:--	
--:--	
--:--	
--:--	
--:--	
--:--	
--:--	
--:--	
--:--	
--:--	
--:--	
--:--	
--:--	

⭐ PRIORITIES

- ....
- ....
- ....
- ....
- ....
- ....
- ....
- ....
- ....

🎯 GOALS

- ....
- ....
- ....
- ....
- ....

☑ TO DO

- .... ☐
- .... ☐
- .... ☐
- .... ☐
- .... ☐
- .... ☐
- .... ☐
- .... ☐
- .... ☐
- .... ☐
- .... ☐
- .... ☐
- .... ☐
- .... ☐

📝 NOTES:

....
....
....
....
....
....
....
....
....
....

 # WEDNESDAY

January 11, 2023

TIME

- - : - -
- - : - -
- - : - -
- - : - -
- - : - -
- - : - -
- - : - -
- - : - -
- - : - -
- - : - -
- - : - -
- - : - -
- - : - -
- - : - -
- - : - -
- - : - -

NOTES:

....
....
....
....
....
....
....
....
....
....

PRIORITIES

●...
●...
●...
●...
●...
●...
●...
●...
●...

GOALS

●...
●...
●...
●...
●...
●...

☑ TO DO

●.. ☐
●.. ☐
●.. ☐
●.. ☐
●.. ☐
●.. ☐
●.. ☐
●.. ☐
●.. ☐
●.. ☐
●.. ☐
●.. ☐
●.. ☐
●.. ☐

THURSDAY

January 12, 2023

TIME

- -- : --
- -- : --
- -- : --
- -- : --
- -- : --
- -- : --
- -- : --
- -- : --
- -- : --
- -- : --
- -- : --
- -- : --
- -- : --
- -- : --
- -- : --

NOTES:

....
....
....
....
....
....
....
....
....
....
....
....

PRIORITIES

- ....
- ....
- ....
- ....
- ....
- ....
- ....
- ....
- ....

GOALS

- ....
- ....
- ....
- ....
- ....

TO DO

- .... ☐
- .... ☐
- .... ☐
- .... ☐
- .... ☐
- .... ☐
- .... ☐
- .... ☐
- .... ☐
- .... ☐
- .... ☐
- .... ☐
- .... ☐
- .... ☐
- .... ☐
- .... ☐

FRIDAY
January 13, 2023

⏱ TIME

- - : - -	
- - : - -	
- - : - -	
- - : - -	
- - : - -	
- - : - -	
- - : - -	
- - : - -	
- - : - -	
- - : - -	
- - : - -	
- - : - -	
- - : - -	
- - : - -	
- - : - -	
- - : - -	

📝 NOTES:

⭐ PRIORITIES

🎯 GOALS

☑ TO DO

☐
☐
☐
☐
☐
☐
☐
☐
☐
☐
☐
☐
☐
☐

 # SATURDAY
January 14, 2023

TIME

- - : - -

- - : - -

- - : - -

- - : - -

- - : - -

- - : - -

- - : - -

- - : - -

- - : - -

- - : - -

- - : - -

- - : - -

- - : - -

- - : - -

- - : - -

NOTES:

PRIORITIES

- ....
- ....
- ....
- ....
- ....
- ....
- ....
- ....
- ....

GOALS

- ....
- ....
- ....
- ....
- ....

TO DO

- .... ☐
- .... ☐
- .... ☐
- .... ☐
- .... ☐
- .... ☐
- .... ☐
- .... ☐
- .... ☐
- .... ☐
- .... ☐
- .... ☐
- .... ☐
- .... ☐

SUNDAY
January 15, 2023

⏱ TIME

- - : - -

- - : - -

- - : - -

- - : - -

- - : - -

- - : - -

- - : - -

- - : - -

- - : - -

- - : - -

- - : - -

- - : - -

- - : - -

- - : - -

- - : - -

- - : - -

📝 NOTES:

☆ PRIORITIES

◎ GOALS

☑ TO DO

☐
☐
☐
☐
☐
☐
☐
☐
☐
☐
☐
☐

MONDAY
January 16, 2023

⏱ TIME

- - : - -
- - : - -
- - : - -
- - : - -
- - : - -
- - : - -
- - : - -
- - : - -
- - : - -
- - : - -
- - : - -
- - : - -
- - : - -
- - : - -
- - : - -
- - : - -
- - : - -

📝 NOTES:

⭐ PRIORITIES

🎯 GOALS

☑ TO DO

- [ ]
- [ ]
- [ ]
- [ ]
- [ ]
- [ ]
- [ ]
- [ ]
- [ ]
- [ ]
- [ ]
- [ ]
- [ ]
- [ ]
- [ ]

TUESDAY
January 17, 2023

⏱ TIME

- - : - -	
- - : - -	
- - : - -	
- - : - -	
- - : - -	
- - : - -	
- - : - -	
- - : - -	
- - : - -	
- - : - -	
- - : - -	
- - : - -	
- - : - -	
- - : - -	
- - : - -	
- - : - -	

📝 NOTES:

....
....
....
....
....
....
....
....
....
....
....
....

⭐ PRIORITIES

- ....
- ....
- ....
- ....
- ....
- ....
- ....
- ....
- ....
- ....

🎯 GOALS

- ....
- ....
- ....
- ....
- ....

☑ TO DO

- .... ☐
- .... ☐
- .... ☐
- .... ☐
- .... ☐
- .... ☐
- .... ☐
- .... ☐
- .... ☐
- .... ☐
- .... ☐
- .... ☐
- .... ☐
- .... ☐

WEDNESDAY
January 18, 2023

⏱ TIME

- - : - -	
- - : - -	
- - : - -	
- - : - -	
- - : - -	
- - : - -	
- - : - -	
- - : - -	
- - : - -	
- - : - -	
- - : - -	
- - : - -	
- - : - -	
- - : - -	
- - : - -	
- - : - -	
- - : - -	

📝 NOTES:

....
....
....
....
....
....
....
....
....
....
....
....

☆ PRIORITIES

- ....
- ....
- ....
- ....
- ....
- ....
- ....
- ....
- ....

◎ GOALS

- ....
- ....
- ....
- ....
- ....
- ....

☑ TO DO

- .... ☐
- .... ☐
- .... ☐
- .... ☐
- .... ☐
- .... ☐
- .... ☐
- .... ☐
- .... ☐
- .... ☐
- .... ☐
- .... ☐
- .... ☐
- .... ☐

THURSDAY
January 19, 2023

⏱ TIME

- - : - -
- - : - -
- - : - -
- - : - -
- - : - -
- - : - -
- - : - -
- - : - -
- - : - -
- - : - -
- - : - -
- - : - -
- - : - -
- - : - -
- - : - -

📝 NOTES:

⭐ PRIORITIES

🎯 GOALS

☑ TO DO

- ☐
- ☐
- ☐
- ☐
- ☐
- ☐
- ☐
- ☐
- ☐
- ☐
- ☐
- ☐
- ☐
- ☐

FRIDAY

January 20, 2023

⏱ TIME

-- : --	
-- : --	
-- : --	
-- : --	
-- : --	
-- : --	
-- : --	
-- : --	
-- : --	
-- : --	
-- : --	
-- : --	
-- : --	
-- : --	
-- : --	
-- : --	

☆ PRIORITIES

- ....
- ....
- ....
- ....
- ....
- ....
- ....
- ....
- ....

◎ GOALS

- ....
- ....
- ....
- ....

☑ TO DO

- .... ☐
- .... ☐
- .... ☐
- .... ☐
- .... ☐
- .... ☐
- .... ☐
- .... ☐
- .... ☐
- .... ☐
- .... ☐
- .... ☐
- .... ☐
- .... ☐

📝 NOTES:

....
....
....
....
....
....
....
....
....
....
....
....

SATURDAY
January 21, 2023

⏱ TIME

- - : - -
- - : - -
- - : - -
- - : - -
- - : - -
- - : - -
- - : - -
- - : - -
- - : - -
- - : - -
- - : - -
- - : - -
- - : - -
- - : - -
- - : - -
- - : - -

📝 NOTES:

⭐ PRIORITIES

🎯 GOALS

☑ TO DO

☐
☐
☐
☐
☐
☐
☐
☐
☐
☐
☐
☐
☐
☐

SUNDAY
January 22, 2023

⏱ TIME

- - : - -

- - : - -

- - : - -

- - : - -

- - : - -

- - : - -

- - : - -

- - : - -

- - : - -

- - : - -

- - : - -

- - : - -

- - : - -

- - : - -

- - : - -

- - : - -

📝 NOTES:

....
....
....
....
....
....
....
....
....
....
....

⭐ PRIORITIES

- ....
- ....
- ....
- ....
- ....
- ....
- ....
- ....
- ....
- ....

◎ GOALS

- ....
- ....
- ....
- ....
- ....

☑ TO DO

- .... ☐
- .... ☐
- .... ☐
- .... ☐
- .... ☐
- .... ☐
- .... ☐
- .... ☐
- .... ☐
- .... ☐
- .... ☐
- .... ☐
- .... ☐
- .... ☐

MONDAY
January 23, 2023

TIME

- - : - -
- - : - -
- - : - -
- - : - -
- - : - -
- - : - -
- - : - -
- - : - -
- - : - -
- - : - -
- - : - -
- - : - -
- - : - -
- - : - -
- - : - -
- - : - -

NOTES:

....
....
....
....
....
....
....
....
....
....
....
....

PRIORITIES

....
....
....
....
....
....
....
....

GOALS

....
....
....
....
....

TO DO

.... ☐
.... ☐
.... ☐
.... ☐
.... ☐
.... ☐
.... ☐
.... ☐
.... ☐
.... ☐
.... ☐
.... ☐
.... ☐

TUESDAY
January 24, 2023

⏱ TIME

- - : - -
- - : - -
- - : - -
- - : - -
- - : - -
- - : - -
- - : - -
- - : - -
- - : - -
- - : - -
- - : - -
- - : - -
- - : - -
- - : - -
- - : - -
- - : - -
- - : - -

📝 NOTES:

☆ PRIORITIES

◎ GOALS

☑ TO DO

- ☐
- ☐
- ☐
- ☐
- ☐
- ☐
- ☐
- ☐
- ☐
- ☐
- ☐
- ☐
- ☐
- ☐
- ☐

 # WEDNESDAY
January 25, 2023

⏱ TIME

- - : - -	
- - : - -	
- - : - -	
- - : - -	
- - : - -	
- - : - -	
- - : - -	
- - : - -	
- - : - -	
- - : - -	
- - : - -	
- - : - -	
- - : - -	
- - : - -	
- - : - -	
- - : - -	

📝 NOTES:

⭐ PRIORITIES

🎯 GOALS

☑ TO DO

☐
☐
☐
☐
☐
☐
☐
☐
☐
☐
☐
☐
☐
☐

THURSDAY
January 26, 2023

⏱ TIME

--:--	
--:--	
--:--	
--:--	
--:--	
--:--	
--:--	
--:--	
--:--	
--:--	
--:--	
--:--	
--:--	
--:--	
--:--	
--:--	

📝 NOTES:

☆ PRIORITIES

◎ GOALS

☑ TO DO

- ☐
- ☐
- ☐
- ☐
- ☐
- ☐
- ☐
- ☐
- ☐
- ☐
- ☐
- ☐
- ☐
- ☐

FRIDAY
January 27, 2023

⏱ TIME

- - : - -
- - : - -
- - : - -
- - : - -
- - : - -
- - : - -
- - : - -
- - : - -
- - : - -
- - : - -
- - : - -
- - : - -
- - : - -
- - : - -
- - : - -
- - : - -
- - : - -

📝 NOTES:

⭐ PRIORITIES

🎯 GOALS

☑ TO DO

SATURDAY
January 28, 2023

⏱ TIME

- - : - -
- - : - -
- - : - -
- - : - -
- - : - -
- - : - -
- - : - -
- - : - -
- - : - -
- - : - -
- - : - -
- - : - -
- - : - -
- - : - -
- - : - -
- - : - -

📝 NOTES:

....
....
....
....
....
....
....
....
....
....
....

☆ PRIORITIES

● ....
● ....
● ....
● ....
● ....
● ....
● ....
● ....
● ....

◎ GOALS

● ....
● ....
● ....
● ....
● ....

☑ TO DO

● .... ☐
● .... ☐
● .... ☐
● .... ☐
● .... ☐
● .... ☐
● .... ☐
● .... ☐
● .... ☐
● .... ☐
● .... ☐
● .... ☐
● .... ☐
● .... ☐

SUNDAY
January 29, 2023

⏱ TIME

- - : - -

- - : - -

- - : - -

- - : - -

- - : - -

- - : - -

- - : - -

- - : - -

- - : - -

- - : - -

- - : - -

- - : - -

- - : - -

- - : - -

- - : - -

- - : - -

📝 NOTES:

....
....
....
....
....
....
....
....
....
....
....

⭐ PRIORITIES

- ....
- ....
- ....
- ....
- ....
- ....
- ....
- ....
- ....

🎯 GOALS

- ....
- ....
- ....
- ....
- ....

☑ TO DO

- .... ☐
- .... ☐
- .... ☐
- .... ☐
- .... ☐
- .... ☐
- .... ☐
- .... ☐
- .... ☐
- .... ☐
- .... ☐
- .... ☐
- .... ☐

MONDAY
January 30, 2023

⏱ TIME

- - : - -	
- - : - -	
- - : - -	
- - : - -	
- - : - -	
- - : - -	
- - : - -	
- - : - -	
- - : - -	
- - : - -	
- - : - -	
- - : - -	
- - : - -	
- - : - -	
- - : - -	
- - : - -	

📝 NOTES:

⭐ PRIORITIES

🎯 GOALS

☑ TO DO

TUESDAY
January 31, 2023

⏱ TIME

- - : - -
- - : - -
- - : - -
- - : - -
- - : - -
- - : - -
- - : - -
- - : - -
- - : - -
- - : - -
- - : - -
- - : - -
- - : - -
- - : - -
- - : - -
- - : - -

📝 NOTES:

☆ PRIORITIES

◎ GOALS

☑ TO DO

FEBRUARY 2023

Sun	Mon	Tue	Wed	Thu	Fri	Sat
			1	2	3	4
5	6	7	8	9	10	11
12	13	14	15	16	17	18
19	20	21	22	23	24	25
26	27	28				

📝 NOTES:

....
....
....
....
....
....
....
....
....
....
....
....
....

⏱ APPOINTMENT:

_____
_____
_____
_____
_____
_____
_____
_____
_____
_____
_____
_____
_____

 # WEDNESDAY
February 01, 2023

⏱ TIME

- - : - -	
- - : - -	
- - : - -	
- - : - -	
- - : - -	
- - : - -	
- - : - -	
- - : - -	
- - : - -	
- - : - -	
- - : - -	
- - : - -	
- - : - -	
- - : - -	
- - : - -	
- - : - -	
- - : - -	

📝 NOTES:

....
....
....
....
....
....
....
....
....
....
....

☆ PRIORITIES

- ....
- ....
- ....
- ....
- ....
- ....
- ....
- ....
- ....

◎ GOALS

- ....
- ....
- ....
- ....
- ....

☑ TO DO

- .... ☐
- .... ☐
- .... ☐
- .... ☐
- .... ☐
- .... ☐
- .... ☐
- .... ☐
- .... ☐
- .... ☐
- .... ☐
- .... ☐
- .... ☐

THURSDAY
February 02, 2023

⏱ TIME

-- : --	
-- : --	
-- : --	
-- : --	
-- : --	
-- : --	
-- : --	
-- : --	
-- : --	
-- : --	
-- : --	
-- : --	
-- : --	
-- : --	
-- : --	

📝 NOTES:

....
....
....
....
....
....
....
....
....
....
....

⭐ PRIORITIES

●..
●..
●..
●..
●..
●..
●..
●..
●..

◎ GOALS

●..
●..
●..
●..
●..
●..

☑ TO DO

●..☐
●..☐
●..☐
●..☐
●..☐
●..☐
●..☐
●..☐
●..☐
●..☐
●..☐
●..☐
●..☐
●..☐

FRIDAY
February 03, 2023

⏱ TIME

- - : - -
- - : - -
- - : - -
- - : - -
- - : - -
- - : - -
- - : - -
- - : - -
- - : - -
- - : - -
- - : - -
- - : - -
- - : - -
- - : - -
- - : - -
- - : - -

📝 NOTES:

....
....
....
....
....
....
....
....
....
....
....
....

⭐ PRIORITIES

- ....
- ....
- ....
- ....
- ....
- ....
- ....
- ....
- ....

🎯 GOALS

- ....
- ....
- ....
- ....
- ....

☑ TO DO

- .... ☐
- .... ☐
- .... ☐
- .... ☐
- .... ☐
- .... ☐
- .... ☐
- .... ☐
- .... ☐
- .... ☐
- .... ☐
- .... ☐
- .... ☐
- .... ☐

 # SATURDAY
February 04, 2023

TIME

- - : - -
- - : - -
- - : - -
- - : - -
- - : - -
- - : - -
- - : - -
- - : - -
- - : - -
- - : - -
- - : - -
- - : - -
- - : - -
- - : - -
- - : - -
- - : - -

NOTES:

PRIORITIES

GOALS

TO DO

SUNDAY
February 05, 2023

TIME

-- : --
-- : --
-- : --
-- : --
-- : --
-- : --
-- : --
-- : --
-- : --
-- : --
-- : --
-- : --
-- : --
-- : --
-- : --

NOTES:

PRIORITIES

GOALS

TO DO

 # MONDAY
February 06, 2023

⏱ TIME

- - : - -	
- - : - -	
- - : - -	
- - : - -	
- - : - -	
- - : - -	
- - : - -	
- - : - -	
- - : - -	
- - : - -	
- - : - -	
- - : - -	
- - : - -	
- - : - -	
- - : - -	
- - : - -	

📝 NOTES:

....
....
....
....
....
....
....
....
....
....
....

☆ PRIORITIES

- ....
- ....
- ....
- ....
- ....
- ....
- ....
- ....
- ....

◎ GOALS

- ....
- ....
- ....
- ....
- ....
- ....

☑ TO DO

- .... ☐
- .... ☐
- .... ☐
- .... ☐
- .... ☐
- .... ☐
- .... ☐
- .... ☐
- .... ☐
- .... ☐
- .... ☐
- .... ☐
- .... ☐
- .... ☐
- .... ☐
- .... ☐

TUESDAY
February 07, 2023

TIME

- - : - -
- - : - -
- - : - -
- - : - -
- - : - -
- - : - -
- - : - -
- - : - -
- - : - -
- - : - -
- - : - -
- - : - -
- - : - -
- - : - -
- - : - -
- - : - -

NOTES:

PRIORITIES

- ....
- ....
- ....
- ....
- ....
- ....
- ....
- ....
- ....

GOALS

- ....
- ....
- ....
- ....
- ....

TO DO

- .... ☐
- .... ☐
- .... ☐
- .... ☐
- .... ☐
- .... ☐
- .... ☐
- .... ☐
- .... ☐
- .... ☐
- .... ☐
- .... ☐
- .... ☐

 # WEDNESDAY
February 08, 2023

⏱ TIME

- - : - -
- - : - -
- - : - -
- - : - -
- - : - -
- - : - -
- - : - -
- - : - -
- - : - -
- - : - -
- - : - -
- - : - -
- - : - -
- - : - -
- - : - -
- - : - -
- - : - -

📝 NOTES:

....
....
....
....
....
....
....
....
....
....
....
....

☆ PRIORITIES

- ....
- ....
- ....
- ....
- ....
- ....
- ....
- ....

◎ GOALS

- ....
- ....
- ....
- ....
- ....

☑ TO DO

- .... ☐
- .... ☐
- .... ☐
- .... ☐
- .... ☐
- .... ☐
- .... ☐
- .... ☐
- .... ☐
- .... ☐
- .... ☐
- .... ☐
- .... ☐
- .... ☐
- .... ☐

 # THURSDAY
February 09, 2023

⏱ TIME

- - : - -
- - : - -
- - : - -
- - : - -
- - : - -
- - : - -
- - : - -
- - : - -
- - : - -
- - : - -
- - : - -
- - : - -
- - : - -
- - : - -
- - : - -

📝 NOTES:

⭐ PRIORITIES

🎯 GOALS

☑ TO DO

☐
☐
☐
☐
☐
☐
☐
☐
☐
☐
☐
☐
☐

FRIDAY
February 10, 2023

TIME

- - : - -
- - : - -
- - : - -
- - : - -
- - : - -
- - : - -
- - : - -
- - : - -
- - : - -
- - : - -
- - : - -
- - : - -
- - : - -
- - : - -
- - : - -
- - : - -

NOTES:

....
....
....
....
....
....
....
....
....
....
....
....

PRIORITIES

....
....
....
....
....
....
....
....
....

GOALS

....
....
....
....
....
....

TO DO

.... ☐
.... ☐
.... ☐
.... ☐
.... ☐
.... ☐
.... ☐
.... ☐
.... ☐
.... ☐
.... ☐
.... ☐
.... ☐
.... ☐
.... ☐

SATURDAY
February 11, 2023

⏱ TIME

- - : - -
- - : - -
- - : - -
- - : - -
- - : - -
- - : - -
- - : - -
- - : - -
- - : - -
- - : - -
- - : - -
- - : - -
- - : - -
- - : - -
- - : - -
- - : - -
- - : - -

📝 NOTES:

☆ PRIORITIES

◎ GOALS

☑ TO DO

SUNDAY
February 12, 2023

⏱ TIME

- - : - -	
- - : - -	
- - : - -	
- - : - -	
- - : - -	
- - : - -	
- - : - -	
- - : - -	
- - : - -	
- - : - -	
- - : - -	
- - : - -	
- - : - -	
- - : - -	
- - : - -	
- - : - -	

☆ PRIORITIES

- ....
- ....
- ....
- ....
- ....
- ....
- ....
- ....
- ....

◎ GOALS

- ....
- ....
- ....
- ....
- ....
- ....

☑ TO DO

- .... ☐
- .... ☐
- .... ☐
- .... ☐
- .... ☐
- .... ☐
- .... ☐
- .... ☐
- .... ☐
- .... ☐
- .... ☐
- .... ☐
- .... ☐
- .... ☐
- .... ☐

📝 NOTES:

....
....
....
....
....
....
....
....
....
....
....

MONDAY
February 13, 2023

TIME

- - : - -
- - : - -
- - : - -
- - : - -
- - : - -
- - : - -
- - : - -
- - : - -
- - : - -
- - : - -
- - : - -
- - : - -
- - : - -
- - : - -
- - : - -
- - : - -

NOTES:

PRIORITIES

GOALS

TO DO

☐
☐
☐
☐
☐
☐
☐
☐
☐
☐
☐
☐
☐
☐
☐

TUESDAY
February 14, 2023

⏱ TIME

- - : - -
- - : - -
- - : - -
- - : - -
- - : - -
- - : - -
- - : - -
- - : - -
- - : - -
- - : - -
- - : - -
- - : - -
- - : - -
- - : - -
- - : - -
- - : - -
- - : - -

📝 NOTES:

⭐ PRIORITIES

🎯 GOALS

☑ TO DO

WEDNESDAY
February 15, 2023

⏱ TIME

- - : - -
- - : - -
- - : - -
- - : - -
- - : - -
- - : - -
- - : - -
- - : - -
- - : - -
- - : - -
- - : - -
- - : - -
- - : - -
- - : - -
- - : - -
- - : - -

📝 NOTES:

⭐ PRIORITIES

🎯 GOALS

☑ TO DO

THURSDAY
February 16, 2023

⏱ TIME

- - : - -
- - : - -
- - : - -
- - : - -
- - : - -
- - : - -
- - : - -
- - : - -
- - : - -
- - : - -
- - : - -
- - : - -
- - : - -
- - : - -
- - : - -
- - : - -
- - : - -

📝 NOTES:

⭐ PRIORITIES

🎯 GOALS

☑ TO DO

- ☐
- ☐
- ☐
- ☐
- ☐
- ☐
- ☐
- ☐
- ☐
- ☐
- ☐
- ☐
- ☐
- ☐

FRIDAY

February 17, 2023

⏱ TIME

- - : - -	
- - : - -	
- - : - -	
- - : - -	
- - : - -	
- - : - -	
- - : - -	
- - : - -	
- - : - -	
- - : - -	
- - : - -	
- - : - -	
- - : - -	
- - : - -	
- - : - -	
- - : - -	
- - : - -	

📝 NOTES:

....
....
....
....
....
....
....
....
....
....
....
....

☆ PRIORITIES

....
....
....
....
....
....
....
....
....

◎ GOALS

....
....
....
....
....

☑ TO DO

.... ☐
.... ☐
.... ☐
.... ☐
.... ☐
.... ☐
.... ☐
.... ☐
.... ☐
.... ☐
.... ☐
.... ☐
.... ☐
.... ☐

SATURDAY
February 18, 2023

TIME

- -- : --
- -- : --
- -- : --
- -- : --
- -- : --
- -- : --
- -- : --
- -- : --
- -- : --
- -- : --
- -- : --
- -- : --
- -- : --
- -- : --
- -- : --
- -- : --
- -- : --

NOTES:

PRIORITIES

GOALS

TO DO

☐
☐
☐
☐
☐
☐
☐
☐
☐
☐
☐
☐
☐
☐
☐
☐

SUNDAY
February 19, 2023

⏱ TIME

- - : - -	
- - : - -	
- - : - -	
- - : - -	
- - : - -	
- - : - -	
- - : - -	
- - : - -	
- - : - -	
- - : - -	
- - : - -	
- - : - -	
- - : - -	
- - : - -	
- - : - -	
- - : - -	
- - : - -	

📝 NOTES:

⭐ PRIORITIES

🎯 GOALS

☑ TO DO

 # MONDAY
February 20, 2023

TIME

- - : - -	
- - : - -	
- - : - -	
- - : - -	
- - : - -	
- - : - -	
- - : - -	
- - : - -	
- - : - -	
- - : - -	
- - : - -	
- - : - -	
- - : - -	
- - : - -	
- - : - -	
- - : - -	
- - : - -	

NOTES:

....
....
....
....
....
....
....
....
....
....
....

PRIORITIES

- ....
- ....
- ....
- ....
- ....
- ....
- ....
- ....
- ....

GOALS

- ....
- ....
- ....
- ....
- ....

TO DO

- .... ☐
- .... ☐
- .... ☐
- .... ☐
- .... ☐
- .... ☐
- .... ☐
- .... ☐
- .... ☐
- .... ☐
- .... ☐
- .... ☐
- .... ☐
- .... ☐
- .... ☐
- .... ☐

TUESDAY
February 21, 2023

TIME

- - : - -
- - : - -
- - : - -
- - : - -
- - : - -
- - : - -
- - : - -
- - : - -
- - : - -
- - : - -
- - : - -
- - : - -
- - : - -
- - : - -
- - : - -
- - : - -
- - : - -

NOTES:

PRIORITIES

GOALS

TO DO

 # *WEDNESDAY*
February 22, 2023

⏱ TIME

- - : - -	
- - : - -	
- - : - -	
- - : - -	
- - : - -	
- - : - -	
- - : - -	
- - : - -	
- - : - -	
- - : - -	
- - : - -	
- - : - -	
- - : - -	
- - : - -	
- - : - -	
- - : - -	

📝 NOTES:

....
....
....
....
....
....
....
....
....
....
....

⭐ PRIORITIES

• ....
• ....
• ....
• ....
• ....
• ....
• ....
• ....
• ....

◎ GOALS

• ....
• ....
• ....
• ....
• ....

☑ TO DO

• .... ☐
• .... ☐
• .... ☐
• .... ☐
• .... ☐
• .... ☐
• .... ☐
• .... ☐
• .... ☐
• .... ☐
• .... ☐
• .... ☐
• .... ☐

THURSDAY
February 23, 2023

TIME

- - : - -

- - : - -

- - : - -

- - : - -

- - : - -

- - : - -

- - : - -

- - : - -

- - : - -

- - : - -

- - : - -

- - : - -

- - : - -

- - : - -

- - : - -

PRIORITIES

- ....
- ....
- ....
- ....
- ....
- ....
- ....
- ....
- ....

GOALS

- ....
- ....
- ....
- ....
- ....

TO DO

- .... ☐
- .... ☐
- .... ☐
- .... ☐
- .... ☐
- .... ☐
- .... ☐
- .... ☐
- .... ☐
- .... ☐
- .... ☐
- .... ☐
- .... ☐
- .... ☐

NOTES:

....
....
....
....
....
....
....
....
....
....

FRIDAY
February 24, 2023

⏱ TIME

-- : --	
-- : --	
-- : --	
-- : --	
-- : --	
-- : --	
-- : --	
-- : --	
-- : --	
-- : --	
-- : --	
-- : --	
-- : --	
-- : --	
-- : --	
-- : --	

📝 NOTES:

....
....
....
....
....
....
....
....
....
....
....

☆ PRIORITIES

- ....
- ....
- ....
- ....
- ....
- ....
- ....
- ....
- ....

◎ GOALS

- ....
- ....
- ....
- ....
- ....

☑ TO DO

- .... ☐
- .... ☐
- .... ☐
- .... ☐
- .... ☐
- .... ☐
- .... ☐
- .... ☐
- .... ☐
- .... ☐
- .... ☐
- .... ☐
- .... ☐
- .... ☐

SATURDAY
February 25, 2023

⏱ TIME

- - : - -
- - : - -
- - : - -
- - : - -
- - : - -
- - : - -
- - : - -
- - : - -
- - : - -
- - : - -
- - : - -
- - : - -
- - : - -
- - : - -
- - : - -
- - : - -

📝 NOTES:

....
....
....
....
....
....
....
....
....
....

⭐ PRIORITIES

- ....
- ....
- ....
- ....
- ....
- ....
- ....
- ....
- ....

◎ GOALS

- ....
- ....
- ....
- ....
- ....

☑ TO DO

- .... ☐
- .... ☐
- .... ☐
- .... ☐
- .... ☐
- .... ☐
- .... ☐
- .... ☐
- .... ☐
- .... ☐
- .... ☐
- .... ☐
- .... ☐
- .... ☐

SUNDAY
February 26, 2023

⏱ TIME

- - : - -	
- - : - -	
- - : - -	
- - : - -	
- - : - -	
- - : - -	
- - : - -	
- - : - -	
- - : - -	
- - : - -	
- - : - -	
- - : - -	
- - : - -	
- - : - -	
- - : - -	
- - : - -	
- - : - -	

📝 NOTES:

☆ PRIORITIES

◎ GOALS

☑ TO DO

- ☐
- ☐
- ☐
- ☐
- ☐
- ☐
- ☐
- ☐
- ☐
- ☐
- ☐
- ☐
- ☐
- ☐
- ☐

MONDAY
February 27, 2023

⏱ TIME

- - : - -

- - : - -

- - : - -

- - : - -

- - : - -

- - : - -

- - : - -

- - : - -

- - : - -

- - : - -

- - : - -

- - : - -

- - : - -

- - : - -

- - : - -

- - : - -

⭐ PRIORITIES

◎ GOALS

☑ TO DO

📝 NOTES:

TUESDAY
February 28, 2023

⏱ TIME

- - : - -
- - : - -
- - : - -
- - : - -
- - : - -
- - : - -
- - : - -
- - : - -
- - : - -
- - : - -
- - : - -
- - : - -
- - : - -
- - : - -
- - : - -
- - : - -
- - : - -

📝 NOTES:

☆ PRIORITIES

🎯 GOALS

☑ TO DO

 # MARCH 2023

Sun	Mon	Tue	Wed	Thu	Fri	Sat
			1	2	3	4
5	6	7	8	9	10	11
12	13	14	15	16	17	18
19	20	21	22	23	24	25
26	27	28	29	30	31	

📝 NOTES:

....
....
....
....
....
....
....
....
....
....
....
....

⏱ APPOINTMENT:

_____
_____
_____
_____
_____
_____
_____
_____
_____
_____
_____

 # WEDNESDAY
March 01, 2023

⏱ TIME

- - : - -
- - : - -
- - : - -
- - : - -
- - : - -
- - : - -
- - : - -
- - : - -
- - : - -
- - : - -
- - : - -
- - : - -
- - : - -
- - : - -
- - : - -
- - : - -
- - : - -

📝 NOTES:

⭐ PRIORITIES

🎯 GOALS

☑ TO DO

THURSDAY
March 02, 2023

⏱ TIME

- - : - -
- - : - -
- - : - -
- - : - -
- - : - -
- - : - -
- - : - -
- - : - -
- - : - -
- - : - -
- - : - -
- - : - -
- - : - -
- - : - -
- - : - -

📝 NOTES:

....
....
....
....
....
....
....
....
....
....
....

⭐ PRIORITIES

•..
•..
•..
•..
•..
•..
•..
•..
•..

◎ GOALS

•..
•..
•..
•..
•..

☑ TO DO

•.. ☐
•.. ☐
•.. ☐
•.. ☐
•.. ☐
•.. ☐
•.. ☐
•.. ☐
•.. ☐
•.. ☐
•.. ☐
•.. ☐
•.. ☐

FRIDAY
March 03, 2023

⏱ TIME

- - : - -	
- - : - -	
- - : - -	
- - : - -	
- - : - -	
- - : - -	
- - : - -	
- - : - -	
- - : - -	
- - : - -	
- - : - -	
- - : - -	
- - : - -	
- - : - -	
- - : - -	
- - : - -	

📝 NOTES:

☆ PRIORITIES

◎ GOALS

☑ TO DO

SATURDAY
March 04, 2023

⏱ TIME

- - : - -
- - : - -
- - : - -
- - : - -
- - : - -
- - : - -
- - : - -
- - : - -
- - : - -
- - : - -
- - : - -
- - : - -
- - : - -
- - : - -
- - : - -
- - : - -
- - : - -

📝 NOTES:

⭐ PRIORITIES

🎯 GOALS

☑ TO DO

SUNDAY
March 05, 2023

⏱ TIME

Time	
- - : - -	
- - : - -	
- - : - -	
- - : - -	
- - : - -	
- - : - -	
- - : - -	
- - : - -	
- - : - -	
- - : - -	
- - : - -	
- - : - -	
- - : - -	
- - : - -	
- - : - -	
- - : - -	
- - : - -	

📝 NOTES:

⭐ PRIORITIES

🎯 GOALS

☑ TO DO

MONDAY
March 06, 2023

⏱ TIME

- - : - -	
- - : - -	
- - : - -	
- - : - -	
- - : - -	
- - : - -	
- - : - -	
- - : - -	
- - : - -	
- - : - -	
- - : - -	
- - : - -	
- - : - -	
- - : - -	
- - : - -	
- - : - -	

📝 NOTES:

....
....
....
....
....
....
....
....
....
....
....
....

☆ PRIORITIES

- ....
- ....
- ....
- ....
- ....
- ....
- ....
- ....
- ....
- ....

◎ GOALS

- ....
- ....
- ....
- ....
- ....

☑ TO DO

- .... ☐
- .... ☐
- .... ☐
- .... ☐
- .... ☐
- .... ☐
- .... ☐
- .... ☐
- .... ☐
- .... ☐
- .... ☐
- .... ☐
- .... ☐
- .... ☐

TUESDAY
March 07, 2023

⏱ TIME

- - : - -
- - : - -
- - : - -
- - : - -
- - : - -
- - : - -
- - : - -
- - : - -
- - : - -
- - : - -
- - : - -
- - : - -
- - : - -
- - : - -
- - : - -
- - : - -

📝 NOTES:

☆ PRIORITIES

◎ GOALS

☑ TO DO

 # WEDNESDAY
March 08, 2023

⏱ TIME

| - - : - - |
| - - : - - |
| - - : - - |
| - - : - - |
| - - : - - |
| - - : - - |
| - - : - - |
| - - : - - |
| - - : - - |
| - - : - - |
| - - : - - |
| - - : - - |
| - - : - - |
| - - : - - |
| - - : - - |
| - - : - - |

📝 NOTES:

⭐ PRIORITIES

🎯 GOALS

☑ TO DO

- [ ]
- [ ]
- [ ]
- [ ]
- [ ]
- [ ]
- [ ]
- [ ]
- [ ]
- [ ]
- [ ]
- [ ]
- [ ]
- [ ]

THURSDAY
March 09, 2023

TIME

--:--
--:--
--:--
--:--
--:--
--:--
--:--
--:--
--:--
--:--
--:--
--:--
--:--
--:--
--:--

NOTES:

....
....
....
....
....
....
....
....
....
....

PRIORITIES

- ....
- ....
- ....
- ....
- ....
- ....
- ....
- ....
- ....

GOALS

- ....
- ....
- ....
- ....
- ....

TO DO

- .... ☐
- .... ☐
- .... ☐
- .... ☐
- .... ☐
- .... ☐
- .... ☐
- .... ☐
- .... ☐
- .... ☐
- .... ☐
- .... ☐
- .... ☐

FRIDAY
March 10, 2023

⏱ TIME

- - : - -

- - : - -

- - : - -

- - : - -

- - : - -

- - : - -

- - : - -

- - : - -

- - : - -

- - : - -

- - : - -

- - : - -

- - : - -

- - : - -

- - : - -

- - : - -

📝 NOTES:

....
....
....
....
....
....
....
....
....
....
....

⭐ PRIORITIES

- ....
- ....
- ....
- ....
- ....
- ....
- ....
- ....
- ....

◎ GOALS

- ....
- ....
- ....
- ....
- ....

☑ TO DO

- .... ☐
- .... ☐
- .... ☐
- .... ☐
- .... ☐
- .... ☐
- .... ☐
- .... ☐
- .... ☐
- .... ☐
- .... ☐
- .... ☐
- .... ☐
- .... ☐

 **SATURDAY**
March 11, 2023

TIME

- - : - -
- - : - -
- - : - -
- - : - -
- - : - -
- - : - -
- - : - -
- - : - -
- - : - -
- - : - -
- - : - -
- - : - -
- - : - -
- - : - -
- - : - -
- - : - -
- - : - -

NOTES:

PRIORITIES

GOALS

TO DO

SUNDAY
March 12, 2023

⏱ TIME

- - : - -	
- - : - -	
- - : - -	
- - : - -	
- - : - -	
- - : - -	
- - : - -	
- - : - -	
- - : - -	
- - : - -	
- - : - -	
- - : - -	
- - : - -	
- - : - -	
- - : - -	
- - : - -	
- - : - -	

📝 NOTES:

....
....
....
....
....
....
....
....
....
....
....

☆ PRIORITIES

- ....
- ....
- ....
- ....
- ....
- ....
- ....
- ....
- ....
- ....

◎ GOALS

- ....
- ....
- ....
- ....
- ....

☑ TO DO

- .... ☐
- .... ☐
- .... ☐
- .... ☐
- .... ☐
- .... ☐
- .... ☐
- .... ☐
- .... ☐
- .... ☐
- .... ☐
- .... ☐
- .... ☐
- .... ☐
- .... ☐

 # MONDAY
March 13, 2023

⏱ TIME

- - : - -	
- - : - -	
- - : - -	
- - : - -	
- - : - -	
- - : - -	
- - : - -	
- - : - -	
- - : - -	
- - : - -	
- - : - -	
- - : - -	
- - : - -	
- - : - -	
- - : - -	
- - : - -	
- - : - -	

✒ NOTES:

....
....
....
....
....
....
....
....
....
....
....
....
....
....

☆ PRIORITIES

- ....
- ....
- ....
- ....
- ....
- ....
- ....
- ....
- ....

◎ GOALS

- ....
- ....
- ....
- ....
- ....

☑ TO DO

- .... ☐
- .... ☐
- .... ☐
- .... ☐
- .... ☐
- .... ☐
- .... ☐
- .... ☐
- .... ☐
- .... ☐
- .... ☐
- .... ☐
- .... ☐
- .... ☐

TUESDAY
March 14, 2023

TIME

- - : - -
- - : - -
- - : - -
- - : - -
- - : - -
- - : - -
- - : - -
- - : - -
- - : - -
- - : - -
- - : - -
- - : - -
- - : - -
- - : - -
- - : - -
- - : - -
- - : - -

NOTES:

....
....
....
....
....
....
....
....
....
....
....

PRIORITIES

- ....
- ....
- ....
- ....
- ....
- ....
- ....
- ....
- ....

GOALS

- ....
- ....
- ....
- ....
- ....

TO DO

- .... ☐
- .... ☐
- .... ☐
- .... ☐
- .... ☐
- .... ☐
- .... ☐
- .... ☐
- .... ☐
- .... ☐
- .... ☐
- .... ☐
- .... ☐
- .... ☐

 # WEDNESDAY

March 15, 2023

⏱ TIME

- - : - -	
- - : - -	
- - : - -	
- - : - -	
- - : - -	
- - : - -	
- - : - -	
- - : - -	
- - : - -	
- - : - -	
- - : - -	
- - : - -	
- - : - -	
- - : - -	
- - : - -	
- - : - -	
- - : - -	

📝 NOTES:

⭐ PRIORITIES

◎ GOALS

☑ TO DO

THURSDAY

March 16, 2023

⏱ TIME

- - : - -	
- - : - -	
- - : - -	
- - : - -	
- - : - -	
- - : - -	
- - : - -	
- - : - -	
- - : - -	
- - : - -	
- - : - -	
- - : - -	
- - : - -	
- - : - -	
- - : - -	
- - : - -	

📝 NOTES:

....
....
....
....
....
....
....
....
....
....
....
....

☆ PRIORITIES

- ....
- ....
- ....
- ....
- ....
- ....
- ....
- ....
- ....

◎ GOALS

- ....
- ....
- ....
- ....
- ....

☑ TO DO

- .... ☐
- .... ☐
- .... ☐
- .... ☐
- .... ☐
- .... ☐
- .... ☐
- .... ☐
- .... ☐
- .... ☐
- .... ☐
- .... ☐
- .... ☐

FRIDAY
March 17, 2023

⏱ TIME

- - : - -
- - : - -
- - : - -
- - : - -
- - : - -
- - : - -
- - : - -
- - : - -
- - : - -
- - : - -
- - : - -
- - : - -
- - : - -
- - : - -
- - : - -
- - : - -

📝 NOTES:

⭐ PRIORITIES

◎ GOALS

☑ TO DO

SATURDAY
March 18, 2023

⏱ TIME

- - : - -
- - : - -
- - : - -
- - : - -
- - : - -
- - : - -
- - : - -
- - : - -
- - : - -
- - : - -
- - : - -
- - : - -
- - : - -
- - : - -
- - : - -
- - : - -

📝 NOTES:

☆ PRIORITIES

◎ GOALS

☑ TO DO

SUNDAY
March 19, 2023

⏱ TIME

- - : - -
- - : - -
- - : - -
- - : - -
- - : - -
- - : - -
- - : - -
- - : - -
- - : - -
- - : - -
- - : - -
- - : - -
- - : - -
- - : - -
- - : - -
- - : - -
- - : - -

📝 NOTES:

....
....
....
....
....
....
....
....
....
....
....
....

☆ PRIORITIES

- ....
- ....
- ....
- ....
- ....
- ....
- ....
- ....

◎ GOALS

- ....
- ....
- ....
- ....
- ....

☑ TO DO

- .... ☐
- .... ☐
- .... ☐
- .... ☐
- .... ☐
- .... ☐
- .... ☐
- .... ☐
- .... ☐
- .... ☐
- .... ☐
- .... ☐
- .... ☐
- .... ☐
- .... ☐

MONDAY
March 20, 2023

⏱ TIME

- - : - -
- - : - -
- - : - -
- - : - -
- - : - -
- - : - -
- - : - -
- - : - -
- - : - -
- - : - -
- - : - -
- - : - -
- - : - -
- - : - -
- - : - -
- - : - -
- - : - -

📝 NOTES:

....
....
....
....
....
....
....
....
....
....
....
....

☆ PRIORITIES

- ....
- ....
- ....
- ....
- ....
- ....
- ....
- ....
- ....
- ....

◎ GOALS

- ....
- ....
- ....
- ....
- ....
- ....

☑ TO DO

- .... ☐
- .... ☐
- .... ☐
- .... ☐
- .... ☐
- .... ☐
- .... ☐
- .... ☐
- .... ☐
- .... ☐
- .... ☐
- .... ☐
- .... ☐
- .... ☐
- .... ☐

TUESDAY
March 21, 2023

⏱ TIME

- - : - -	
- - : - -	
- - : - -	
- - : - -	
- - : - -	
- - : - -	
- - : - -	
- - : - -	
- - : - -	
- - : - -	
- - : - -	
- - : - -	
- - : - -	
- - : - -	
- - : - -	
- - : - -	
- - : - -	

📝 NOTES:

....
....
....
....
....
....
....
....
....
....

☆ PRIORITIES

- ....
- ....
- ....
- ....
- ....
- ....
- ....
- ....

◎ GOALS

- ....
- ....
- ....
- ....
- ....

☑ TO DO

- .... ☐
- .... ☐
- .... ☐
- .... ☐
- .... ☐
- .... ☐
- .... ☐
- .... ☐
- .... ☐
- .... ☐
- .... ☐
- .... ☐
- .... ☐
- .... ☐
- .... ☐

 # WEDNESDAY
March 22, 2023

⏱ TIME

- - : - -	
- - : - -	
- - : - -	
- - : - -	
- - : - -	
- - : - -	
- - : - -	
- - : - -	
- - : - -	
- - : - -	
- - : - -	
- - : - -	
- - : - -	
- - : - -	
- - : - -	
- - : - -	

📝 NOTES:

⭐ PRIORITIES

◎ GOALS

☑ TO DO

THURSDAY
March 23, 2023

⏱ TIME

- - : - -
- - : - -
- - : - -
- - : - -
- - : - -
- - : - -
- - : - -
- - : - -
- - : - -
- - : - -
- - : - -
- - : - -
- - : - -
- - : - -
- - : - -
- - : - -

📝 NOTES:

⭐ PRIORITIES

🎯 GOALS

☑ TO DO

- ☐
- ☐
- ☐
- ☐
- ☐
- ☐
- ☐
- ☐
- ☐
- ☐
- ☐
- ☐
- ☐
- ☐
- ☐

FRIDAY

March 24, 2023

TIME

- -- : -- -
- -- : -- -
- -- : -- -
- -- : -- -
- -- : -- -
- -- : -- -
- -- : -- -
- -- : -- -
- -- : -- -
- -- : -- -
- -- : -- -
- -- : -- -
- -- : -- -
- -- : -- -
- -- : -- -
- -- : -- -

NOTES:

PRIORITIES

GOALS

TO DO

SATURDAY
March 25, 2023

⏱ TIME

- - : - -	
- - : - -	
- - : - -	
- - : - -	
- - : - -	
- - : - -	
- - : - -	
- - : - -	
- - : - -	
- - : - -	
- - : - -	
- - : - -	
- - : - -	
- - : - -	
- - : - -	
- - : - -	
- - : - -	

☆ PRIORITIES

◎ GOALS

☑ TO DO

- ☐
- ☐
- ☐
- ☐
- ☐
- ☐
- ☐
- ☐
- ☐
- ☐
- ☐
- ☐
- ☐
- ☐
- ☐
- ☐

📝 NOTES:

SUNDAY
March 26, 2023

TIME

- - : - -	
- - : - -	
- - : - -	
- - : - -	
- - : - -	
- - : - -	
- - : - -	
- - : - -	
- - : - -	
- - : - -	
- - : - -	
- - : - -	
- - : - -	
- - : - -	
- - : - -	
- - : - -	

NOTES:

....
....
....
....
....
....
....
....
....
....

PRIORITIES

- ....
- ....
- ....
- ....
- ....
- ....
- ....
- ....
- ....

GOALS

- ....
- ....
- ....
- ....
- ....
- ....

TO DO

- ....☐
- ....☐
- ....☐
- ....☐
- ....☐
- ....☐
- ....☐
- ....☐
- ....☐
- ....☐
- ....☐
- ....☐
- ....☐
- ....☐

MONDAY
March 27, 2023

⏱ TIME

-- : --	
-- : --	
-- : --	
-- : --	
-- : --	
-- : --	
-- : --	
-- : --	
-- : --	
-- : --	
-- : --	
-- : --	
-- : --	
-- : --	
-- : --	
-- : --	

📝 NOTES:

....
....
....
....
....
....
....
....
....
....
....

☆ PRIORITIES

- ....
- ....
- ....
- ....
- ....
- ....
- ....
- ....
- ....

◎ GOALS

- ....
- ....
- ....
- ....
- ....
- ....

☑ TO DO

- .... ☐
- .... ☐
- .... ☐
- .... ☐
- .... ☐
- .... ☐
- .... ☐
- .... ☐
- .... ☐
- .... ☐
- .... ☐
- .... ☐
- .... ☐
- .... ☐

TUESDAY
March 28, 2023

⏱ TIME

- - : - -
- - : - -
- - : - -
- - : - -
- - : - -
- - : - -
- - : - -
- - : - -
- - : - -
- - : - -
- - : - -
- - : - -
- - : - -
- - : - -
- - : - -
- - : - -

📝 NOTES:

⭐ PRIORITIES

🎯 GOALS

☑ TO DO

- ☐
- ☐
- ☐
- ☐
- ☐
- ☐
- ☐
- ☐
- ☐
- ☐
- ☐
- ☐
- ☐
- ☐

WEDNESDAY
March 29, 2023

TIME

- - : - -
- - : - -
- - : - -
- - : - -
- - : - -
- - : - -
- - : - -
- - : - -
- - : - -
- - : - -
- - : - -
- - : - -
- - : - -
- - : - -
- - : - -
- - : - -
- - : - -

NOTES:

PRIORITIES

GOALS

TO DO

THURSDAY
March 30, 2023

⏱ TIME

- - : - -
- - : - -
- - : - -
- - : - -
- - : - -
- - : - -
- - : - -
- - : - -
- - : - -
- - : - -
- - : - -
- - : - -
- - : - -
- - : - -
- - : - -
- - : - -
- - : - -

📝 NOTES:

⭐ PRIORITIES

🎯 GOALS

☑ TO DO

FRIDAY
March 31, 2023

⏱ TIME

- - : - -
- - : - -
- - : - -
- - : - -
- - : - -
- - : - -
- - : - -
- - : - -
- - : - -
- - : - -
- - : - -
- - : - -
- - : - -
- - : - -
- - : - -
- - : - -
- - : - -

📝 NOTES:

☆ PRIORITIES

◎ GOALS

☑ TO DO

- ☐
- ☐
- ☐
- ☐
- ☐
- ☐
- ☐
- ☐
- ☐
- ☐
- ☐
- ☐
- ☐
- ☐
- ☐

APRIL 2023

Sun	Mon	Tue	Wed	Thu	Fri	Sat
						1
2	3	4	5	6	7	8
9	10	11	12	13	14	15
16	17	18	19	20	21	22
23	24	25	26	27	28	29
30						

📝 NOTES:

....
....
....
....
....
....
....
....
....
....
....
....

⏱ APPOINTMENT:

_____
_____
_____
_____
_____
_____
_____
_____
_____
_____

SATURDAY
April 01, 2023

TIME

-- : --
-- : --
-- : --
-- : --
-- : --
-- : --
-- : --
-- : --
-- : --
-- : --
-- : --
-- : --
-- : --
-- : --
-- : --
-- : --
-- : --

NOTES:

PRIORITIES

GOALS

TO DO

SUNDAY
April 02, 2023

⏱ TIME

- - : - -
- - : - -
- - : - -
- - : - -
- - : - -
- - : - -
- - : - -
- - : - -
- - : - -
- - : - -
- - : - -
- - : - -
- - : - -
- - : - -
- - : - -
- - : - -
- - : - -

☆ PRIORITIES

....
....
....
....
....
....
....
....
....

◎ GOALS

....
....
....
....
....

☑ TO DO

.... ☐
.... ☐
.... ☐
.... ☐
.... ☐
.... ☐
.... ☐
.... ☐
.... ☐
.... ☐
.... ☐
.... ☐
.... ☐
.... ☐

📝 NOTES:

....
....
....
....
....
....
....
....
....
....
....

MONDAY
April 03, 2023

⏱ TIME

--:--
--:--
--:--
--:--
--:--
--:--
--:--
--:--
--:--
--:--
--:--
--:--
--:--
--:--
--:--
--:--
--:--

⭐ PRIORITIES

- ....
- ....
- ....
- ....
- ....
- ....
- ....
- ....
- ....
- ....

◎ GOALS

- ....
- ....
- ....
- ....
- ....
- ....

☑ TO DO

- .... ☐
- .... ☐
- .... ☐
- .... ☐
- .... ☐
- .... ☐
- .... ☐
- .... ☐
- .... ☐
- .... ☐
- .... ☐
- .... ☐
- .... ☐
- .... ☐
- .... ☐
- .... ☐

📝 NOTES:

....
....
....
....
....
....
....
....
....
....
....
....

TUESDAY
April 04, 2023

⏱ TIME

- - : - -

- - : - -

- - : - -

- - : - -

- - : - -

- - : - -

- - : - -

- - : - -

- - : - -

- - : - -

- - : - -

- - : - -

- - : - -

- - : - -

- - : - -

- - : - -

- - : - -

📝 NOTES:

....

....

....

....

....

....

....

....

....

....

....

....

☆ PRIORITIES

- ....
- ....
- ....
- ....
- ....
- ....
- ....
- ....
- ....
- ....

◎ GOALS

- ....
- ....
- ....
- ....
- ....
- ....

☑ TO DO

- .... ☐
- .... ☐
- .... ☐
- .... ☐
- .... ☐
- .... ☐
- .... ☐
- .... ☐
- .... ☐
- .... ☐
- .... ☐
- .... ☐
- .... ☐
- .... ☐
- .... ☐

 # WEDNESDAY
April 05, 2023

⏱ TIME

- - : - -
- - : - -
- - : - -
- - : - -
- - : - -
- - : - -
- - : - -
- - : - -
- - : - -
- - : - -
- - : - -
- - : - -
- - : - -
- - : - -
- - : - -
- - : - -
- - : - -

📝 NOTES:

☆ PRIORITIES

◎ GOALS

☑ TO DO

- ☐
- ☐
- ☐
- ☐
- ☐
- ☐
- ☐
- ☐
- ☐
- ☐
- ☐
- ☐
- ☐
- ☐
- ☐
- ☐

THURSDAY
April 06, 2023

⏱ TIME

- - : - -	
- - : - -	
- - : - -	
- - : - -	
- - : - -	
- - : - -	
- - : - -	
- - : - -	
- - : - -	
- - : - -	
- - : - -	
- - : - -	
- - : - -	
- - : - -	
- - : - -	
- - : - -	
- - : - -	

📝 NOTES:

....
....
....
....
....
....
....
....
....
....

⭐ PRIORITIES

- ....
- ....
- ....
- ....
- ....
- ....
- ....
- ....
- ....

◎ GOALS

- ....
- ....
- ....
- ....
- ....

☑ TO DO

- .... ☐
- .... ☐
- .... ☐
- .... ☐
- .... ☐
- .... ☐
- .... ☐
- .... ☐
- .... ☐
- .... ☐
- .... ☐
- .... ☐
- .... ☐
- .... ☐

FRIDAY
April 07, 2023

⏱ TIME

- - : - -
- - : - -
- - : - -
- - : - -
- - : - -
- - : - -
- - : - -
- - : - -
- - : - -
- - : - -
- - : - -
- - : - -
- - : - -
- - : - -
- - : - -

📝 NOTES:

....
....
....
....
....
....
....
....
....
....
....
....

☆ PRIORITIES

- ....
- ....
- ....
- ....
- ....
- ....
- ....
- ....
- ....
- ....

◎ GOALS

- ....
- ....
- ....
- ....
- ....

☑ TO DO

- .... ☐
- .... ☐
- .... ☐
- .... ☐
- .... ☐
- .... ☐
- .... ☐
- .... ☐
- .... ☐
- .... ☐
- .... ☐
- .... ☐
- .... ☐
- .... ☐
- .... ☐

SATURDAY
April 08, 2023

⏱ TIME

- - : - -
- - : - -
- - : - -
- - : - -
- - : - -
- - : - -
- - : - -
- - : - -
- - : - -
- - : - -
- - : - -
- - : - -
- - : - -
- - : - -
- - : - -
- - : - -

📝 NOTES:

⭐ PRIORITIES

🎯 GOALS

☑ TO DO

SUNDAY
April 09, 2023

⏱ TIME

- - : - -
- - : - -
- - : - -
- - : - -
- - : - -
- - : - -
- - : - -
- - : - -
- - : - -
- - : - -
- - : - -
- - : - -
- - : - -
- - : - -
- - : - -
- - : - -
- - : - -

📝 NOTES:

⭐ PRIORITIES

🎯 GOALS

☑ TO DO

 # MONDAY
April 10, 2023

⏱ TIME

- - : - -
- - : - -
- - : - -
- - : - -
- - : - -
- - : - -
- - : - -
- - : - -
- - : - -
- - : - -
- - : - -
- - : - -
- - : - -
- - : - -
- - : - -
- - : - -

📝 NOTES:

....
....
....
....
....
....
....
....
....
....
....

☆ PRIORITIES

- ....
- ....
- ....
- ....
- ....
- ....
- ....
- ....
- ....
- ....

◎ GOALS

- ....
- ....
- ....
- ....
- ....
- ....

☑ TO DO

- .... ☐
- .... ☐
- .... ☐
- .... ☐
- .... ☐
- .... ☐
- .... ☐
- .... ☐
- .... ☐
- .... ☐
- .... ☐
- .... ☐
- .... ☐
- .... ☐
- .... ☐

TUESDAY
April 11, 2023

⏱ TIME

- - : - -	
- - : - -	
- - : - -	
- - : - -	
- - : - -	
- - : - -	
- - : - -	
- - : - -	
- - : - -	
- - : - -	
- - : - -	
- - : - -	
- - : - -	
- - : - -	
- - : - -	
- - : - -	

📝 NOTES:

....
....
....
....
....
....
....
....
....
....
....

☆ PRIORITIES

- ....
- ....
- ....
- ....
- ....
- ....
- ....
- ....
- ....

◎ GOALS

- ....
- ....
- ....
- ....
- ....

☑ TO DO

- .... ☐
- .... ☐
- .... ☐
- .... ☐
- .... ☐
- .... ☐
- .... ☐
- .... ☐
- .... ☐
- .... ☐
- .... ☐
- .... ☐
- .... ☐
- .... ☐

 # WEDNESDAY
April 12, 2023

⏱ TIME

- - : - -	
- - : - -	
- - : - -	
- - : - -	
- - : - -	
- - : - -	
- - : - -	
- - : - -	
- - : - -	
- - : - -	
- - : - -	
- - : - -	
- - : - -	
- - : - -	
- - : - -	

📝 NOTES:

....
....
....
....
....
....
....
....
....
....
....

⭐ PRIORITIES

- ....
- ....
- ....
- ....
- ....
- ....
- ....
- ....
- ....

🎯 GOALS

- ....
- ....
- ....
- ....
- ....

☑ TO DO

- .... ☐
- .... ☐
- .... ☐
- .... ☐
- .... ☐
- .... ☐
- .... ☐
- .... ☐
- .... ☐
- .... ☐
- .... ☐
- .... ☐
- .... ☐
- .... ☐

THURSDAY
April 13, 2023

⏱ TIME

- - : - -	
- - : - -	
- - : - -	
- - : - -	
- - : - -	
- - : - -	
- - : - -	
- - : - -	
- - : - -	
- - : - -	
- - : - -	
- - : - -	
- - : - -	
- - : - -	
- - : - -	
- - : - -	
- - : - -	

📝 NOTES:

⭐ PRIORITIES

🎯 GOALS

☑ TO DO

- ☐
- ☐
- ☐
- ☐
- ☐
- ☐
- ☐
- ☐
- ☐
- ☐
- ☐
- ☐
- ☐
- ☐
- ☐
- ☐

FRIDAY
April 14, 2023

⏱ TIME

- - : - -	
- - : - -	
- - : - -	
- - : - -	
- - : - -	
- - : - -	
- - : - -	
- - : - -	
- - : - -	
- - : - -	
- - : - -	
- - : - -	
- - : - -	
- - : - -	
- - : - -	

📝 NOTES:

....
....
....
....
....
....
....
....
....
....
....

☆ PRIORITIES

....
....
....
....
....
....
....
....

◎ GOALS

....
....
....
....

☑ TO DO

.... ☐
.... ☐
.... ☐
.... ☐
.... ☐
.... ☐
.... ☐
.... ☐
.... ☐
.... ☐
.... ☐
.... ☐
.... ☐
.... ☐

SATURDAY
April 15, 2023

TIME

- - : - -
- - : - -
- - : - -
- - : - -
- - : - -
- - : - -
- - : - -
- - : - -
- - : - -
- - : - -
- - : - -
- - : - -
- - : - -
- - : - -
- - : - -
- - : - -
- - : - -

NOTES:

....
....
....
....
....
....
....
....
....
....
....

PRIORITIES

- ....
- ....
- ....
- ....
- ....
- ....
- ....
- ....
- ....

GOALS

- ....
- ....
- ....
- ....
- ....

TO DO

- .... ☐
- .... ☐
- .... ☐
- .... ☐
- .... ☐
- .... ☐
- .... ☐
- .... ☐
- .... ☐
- .... ☐
- .... ☐
- .... ☐
- .... ☐
- .... ☐

SUNDAY
April 16, 2023

⏱ TIME

- - : - -	
- - : - -	
- - : - -	
- - : - -	
- - : - -	
- - : - -	
- - : - -	
- - : - -	
- - : - -	
- - : - -	
- - : - -	
- - : - -	
- - : - -	
- - : - -	
- - : - -	
- - : - -	
- - : - -	

⭐ PRIORITIES

- ....
- ....
- ....
- ....
- ....
- ....
- ....
- ....
- ....
- ....

🎯 GOALS

- ....
- ....
- ....
- ....
- ....

☑ TO DO

- .... ☐
- .... ☐
- .... ☐
- .... ☐
- .... ☐
- .... ☐
- .... ☐
- .... ☐
- .... ☐
- .... ☐
- .... ☐
- .... ☐
- .... ☐
- .... ☐
- .... ☐
- .... ☐

📝 NOTES:

....
....
....
....
....
....
....
....
....
....

MONDAY
April 17, 2023

⏱ TIME

-- : --
-- : --
-- : --
-- : --
-- : --
-- : --
-- : --
-- : --
-- : --
-- : --
-- : --
-- : --
-- : --
-- : --
-- : --
-- : --

📝 NOTES:

⭐ PRIORITIES

🎯 GOALS

☑ TO DO

☐
☐
☐
☐
☐
☐
☐
☐
☐
☐
☐
☐
☐
☐

TUESDAY
April 18, 2023

TIME

- - : - -
- - : - -
- - : - -
- - : - -
- - : - -
- - : - -
- - : - -
- - : - -
- - : - -
- - : - -
- - : - -
- - : - -
- - : - -
- - : - -
- - : - -
- - : - -
- - : - -

NOTES:

PRIORITIES

- ....
- ....
- ....
- ....
- ....
- ....
- ....
- ....
- ....

GOALS

- ....
- ....
- ....
- ....
- ....

TO DO

- .... ☐
- .... ☐
- .... ☐
- .... ☐
- .... ☐
- .... ☐
- .... ☐
- .... ☐
- .... ☐
- .... ☐
- .... ☐
- .... ☐
- .... ☐

 # WEDNESDAY
April 19, 2023

⏱ TIME

- - : - -	
- - : - -	
- - : - -	
- - : - -	
- - : - -	
- - : - -	
- - : - -	
- - : - -	
- - : - -	
- - : - -	
- - : - -	
- - : - -	
- - : - -	
- - : - -	
- - : - -	
- - : - -	
- - : - -	

📝 NOTES:

⭐ PRIORITIES

....
....
....
....
....
....
....
....
....

◎ GOALS

....
....
....
....
....

☑ TO DO

- [ ] ....
- [ ] ....
- [ ] ....
- [ ] ....
- [ ] ....
- [ ] ....
- [ ] ....
- [ ] ....
- [ ] ....
- [ ] ....
- [ ] ....
- [ ] ....
- [ ] ....
- [ ] ....

THURSDAY
April 20, 2023

⏱ TIME

- - : - -
- - : - -
- - : - -
- - : - -
- - : - -
- - : - -
- - : - -
- - : - -
- - : - -
- - : - -
- - : - -
- - : - -
- - : - -
- - : - -
- - : - -
- - : - -
- - : - -

📝 NOTES:

⭐ PRIORITIES

🎯 GOALS

☑ TO DO

FRIDAY
April 21, 2023

⏱ TIME

- - : - -	
- - : - -	
- - : - -	
- - : - -	
- - : - -	
- - : - -	
- - : - -	
- - : - -	
- - : - -	
- - : - -	
- - : - -	
- - : - -	
- - : - -	
- - : - -	
- - : - -	
- - : - -	

☆ PRIORITIES

- ....
- ....
- ....
- ....
- ....
- ....
- ....
- ....
- ....
- ....

◎ GOALS

- ....
- ....
- ....
- ....
- ....

☑ TO DO

- .... ☐
- .... ☐
- .... ☐
- .... ☐
- .... ☐
- .... ☐
- .... ☐
- .... ☐
- .... ☐
- .... ☐
- .... ☐
- .... ☐
- .... ☐
- .... ☐
- .... ☐

📝 NOTES:

....
....
....
....
....
....
....
....
....
....
....

SATURDAY
April 22, 2023

TIME

- - : - -

- - : - -

- - : - -

- - : - -

- - : - -

- - : - -

- - : - -

- - : - -

- - : - -

- - : - -

- - : - -

- - : - -

- - : - -

- - : - -

- - : - -

- - : - -

NOTES:

PRIORITIES

GOALS

TO DO

SUNDAY
April 23, 2023

⏱ TIME

- - : - -

- - : - -

- - : - -

- - : - -

- - : - -

- - : - -

- - : - -

- - : - -

- - : - -

- - : - -

- - : - -

- - : - -

- - : - -

- - : - -

- - : - -

- - : - -

☆ PRIORITIES

- ....
- ....
- ....
- ....
- ....
- ....
- ....
- ....
- ....

◎ GOALS

- ....
- ....
- ....
- ....
- ....

☑ TO DO

- .... ☐
- .... ☐
- .... ☐
- .... ☐
- .... ☐
- .... ☐
- .... ☐
- .... ☐
- .... ☐
- .... ☐
- .... ☐
- .... ☐
- .... ☐
- .... ☐
- .... ☐

📝 NOTES:

....
....
....
....
....
....
....
....
....
....

MONDAY
April 24, 2023

⏱ TIME

- - : - -

- - : - -

- - : - -

- - : - -

- - : - -

- - : - -

- - : - -

- - : - -

- - : - -

- - : - -

- - : - -

- - : - -

- - : - -

- - : - -

- - : - -

- - : - -

- - : - -

📝 NOTES:

☆ PRIORITIES

◎ GOALS

☑ TO DO

TUESDAY
April 25, 2023

⏱ TIME

- - : - -
- - : - -
- - : - -
- - : - -
- - : - -
- - : - -
- - : - -
- - : - -
- - : - -
- - : - -
- - : - -
- - : - -
- - : - -
- - : - -
- - : - -
- - : - -
- - : - -

📝 NOTES:

⭐ PRIORITIES

🎯 GOALS

☑ TO DO

- ☐
- ☐
- ☐
- ☐
- ☐
- ☐
- ☐
- ☐
- ☐
- ☐
- ☐
- ☐
- ☐
- ☐
- ☐

WEDNESDAY
April 26, 2023

⏱ TIME

- - : - -	
- - : - -	
- - : - -	
- - : - -	
- - : - -	
- - : - -	
- - : - -	
- - : - -	
- - : - -	
- - : - -	
- - : - -	
- - : - -	
- - : - -	
- - : - -	
- - : - -	
- - : - -	

📝 NOTES:

....
....
....
....
....
....
....
....
....
....
....

☆ PRIORITIES

- ....
- ....
- ....
- ....
- ....
- ....
- ....
- ....
- ....

◎ GOALS

- ....
- ....
- ....
- ....
- ....

☑ TO DO

- .... ☐
- .... ☐
- .... ☐
- .... ☐
- .... ☐
- .... ☐
- .... ☐
- .... ☐
- .... ☐
- .... ☐
- .... ☐
- .... ☐
- .... ☐

THURSDAY

April 27, 2023

⏱ TIME

- -- : --
- -- : --
- -- : --
- -- : --
- -- : --
- -- : --
- -- : --
- -- : --
- -- : --
- -- : --
- -- : --
- -- : --
- -- : --
- -- : --
- -- : --
- -- : --

📝 NOTES:

....
....
....
....
....
....
....
....
....
....
....
....

⭐ PRIORITIES

- ....
- ....
- ....
- ....
- ....
- ....
- ....
- ....
- ....

🎯 GOALS

- ....
- ....
- ....
- ....
- ....

☑ TO DO

- .... ☐
- .... ☐
- .... ☐
- .... ☐
- .... ☐
- .... ☐
- .... ☐
- .... ☐
- .... ☐
- .... ☐
- .... ☐
- .... ☐
- .... ☐
- .... ☐
- .... ☐

FRIDAY
April 28, 2023

TIME

-- : --
-- : --
-- : --
-- : --
-- : --
-- : --
-- : --
-- : --
-- : --
-- : --
-- : --
-- : --
-- : --
-- : --
-- : --
-- : --

NOTES:

PRIORITIES

GOALS

TO DO

SATURDAY
April 29, 2023

⏱ TIME

- - : - -	
- - : - -	
- - : - -	
- - : - -	
- - : - -	
- - : - -	
- - : - -	
- - : - -	
- - : - -	
- - : - -	
- - : - -	
- - : - -	
- - : - -	
- - : - -	
- - : - -	
- - : - -	
- - : - -	

📝 NOTES:

....
....
....
....
....
....
....
....
....
....

☆ PRIORITIES

- ....
- ....
- ....
- ....
- ....
- ....
- ....
- ....
- ....

◎ GOALS

- ....
- ....
- ....
- ....
- ....

☑ TO DO

- .... ☐
- .... ☐
- .... ☐
- .... ☐
- .... ☐
- .... ☐
- .... ☐
- .... ☐
- .... ☐
- .... ☐
- .... ☐
- .... ☐
- .... ☐
- .... ☐
- .... ☐
- .... ☐

SUNDAY
April 30, 2023

⏱ TIME

- - : - -
- - : - -
- - : - -
- - : - -
- - : - -
- - : - -
- - : - -
- - : - -
- - : - -
- - : - -
- - : - -
- - : - -
- - : - -
- - : - -
- - : - -
- - : - -

📝 NOTES:

⭐ PRIORITIES

🎯 GOALS

☑ TO DO

MAY 2023

Sun	Mon	Tue	Wed	Thu	Fri	Sat
	1	2	3	4	5	6
7	8	9	10	11	12	13
14	15	16	17	18	19	20
21	22	23	24	25	26	27
28	29	30	31			

📝 NOTES:

....
....
....
....
....
....
....
....
....
....
....
....
....

⏱ APPOINTMENT:

_____
_____
_____
_____
_____
_____
_____
_____
_____
_____
_____
_____
_____

MONDAY
May 01, 2023

⏱ TIME

- - : - -

- - : - -

- - : - -

- - : - -

- - : - -

- - : - -

- - : - -

- - : - -

- - : - -

- - : - -

- - : - -

- - : - -

- - : - -

- - : - -

- - : - -

- - : - -

- - : - -

📝 NOTES:

....
....
....
....
....
....
....
....
....
....
....
....
....
....

⭐ PRIORITIES

- ....
- ....
- ....
- ....
- ....
- ....
- ....
- ....
- ....

🎯 GOALS

- ....
- ....
- ....
- ....
- ....

☑ TO DO

- .... ☐
- .... ☐
- .... ☐
- .... ☐
- .... ☐
- .... ☐
- .... ☐
- .... ☐
- .... ☐
- .... ☐
- .... ☐
- .... ☐
- .... ☐
- .... ☐

TUESDAY
May 02, 2023

⏱ TIME

- - : - -	
- - : - -	
- - : - -	
- - : - -	
- - : - -	
- - : - -	
- - : - -	
- - : - -	
- - : - -	
- - : - -	
- - : - -	
- - : - -	
- - : - -	
- - : - -	
- - : - -	
- - : - -	
- - : - -	

📝 NOTES:

....
....
....
....
....
....
....
....
....
....
....
....
....

⭐ PRIORITIES

- ....
- ....
- ....
- ....
- ....
- ....
- ....
- ....
- ....

🎯 GOALS

- ....
- ....
- ....
- ....
- ....
- ....

☑ TO DO

- .... ☐
- .... ☐
- .... ☐
- .... ☐
- .... ☐
- .... ☐
- .... ☐
- .... ☐
- .... ☐
- .... ☐
- .... ☐
- .... ☐
- .... ☐
- .... ☐
- .... ☐

 # WEDNESDAY
May 03, 2023

TIME

- - : - -
- - : - -
- - : - -
- - : - -
- - : - -
- - : - -
- - : - -
- - : - -
- - : - -
- - : - -
- - : - -
- - : - -
- - : - -
- - : - -
- - : - -
- - : - -
- - : - -

NOTES:

PRIORITIES

GOALS

TO DO

THURSDAY
May 04, 2023

⏱ TIME

- - : - -

- - : - -

- - : - -

- - : - -

- - : - -

- - : - -

- - : - -

- - : - -

- - : - -

- - : - -

- - : - -

- - : - -

- - : - -

- - : - -

- - : - -

- - : - -

- - : - -

📝 NOTES:

....

....

....

....

....

....

....

....

....

....

....

....

⭐ PRIORITIES

- ....
- ....
- ....
- ....
- ....
- ....
- ....
- ....
- ....

🎯 GOALS

- ....
- ....
- ....
- ....
- ....

☑ TO DO

- .... ☐
- .... ☐
- .... ☐
- .... ☐
- .... ☐
- .... ☐
- .... ☐
- .... ☐
- .... ☐
- .... ☐
- .... ☐
- .... ☐
- .... ☐
- .... ☐
- .... ☐

 # FRIDAY

May 05, 2023

⏱ TIME

- - : - -	
- - : - -	
- - : - -	
- - : - -	
- - : - -	
- - : - -	
- - : - -	
- - : - -	
- - : - -	
- - : - -	
- - : - -	
- - : - -	
- - : - -	
- - : - -	
- - : - -	
- - : - -	
- - : - -	

⭐ PRIORITIES

- ....
- ....
- ....
- ....
- ....
- ....
- ....
- ....
- ....
- ....

◎ GOALS

- ....
- ....
- ....
- ....
- ....
- ....

☑ TO DO

- .... ☐
- .... ☐
- .... ☐
- .... ☐
- .... ☐
- .... ☐
- .... ☐
- .... ☐
- .... ☐
- .... ☐
- .... ☐
- .... ☐
- .... ☐
- .... ☐

📝 NOTES:

....
....
....
....
....
....
....
....
....
....
....

SATURDAY
May 06, 2023

⏱ TIME

- - : - -
- - : - -
- - : - -
- - : - -
- - : - -
- - : - -
- - : - -
- - : - -
- - : - -
- - : - -
- - : - -
- - : - -
- - : - -
- - : - -
- - : - -
- - : - -

📝 NOTES:

☆ PRIORITIES

- ....
- ....
- ....
- ....
- ....
- ....
- ....
- ....
- ....

◎ GOALS

- ....
- ....
- ....
- ....
- ....

☑ TO DO

- .... ☐
- .... ☐
- .... ☐
- .... ☐
- .... ☐
- .... ☐
- .... ☐
- .... ☐
- .... ☐
- .... ☐
- .... ☐
- .... ☐
- .... ☐
- .... ☐

SUNDAY
May 07, 2023

⏱ TIME

- - : - -	
- - : - -	
- - : - -	
- - : - -	
- - : - -	
- - : - -	
- - : - -	
- - : - -	
- - : - -	
- - : - -	
- - : - -	
- - : - -	
- - : - -	
- - : - -	
- - : - -	
- - : - -	
- - : - -	

📝 NOTES:

☆ PRIORITIES

🎯 GOALS

☑ TO DO

MONDAY
May 08, 2023

⏱ TIME

-- : --	
-- : --	
-- : --	
-- : --	
-- : --	
-- : --	
-- : --	
-- : --	
-- : --	
-- : --	
-- : --	
-- : --	
-- : --	
-- : --	
-- : --	
-- : --	
-- : --	

📝 NOTES:

....
....
....
....
....
....
....
....
....
....
....
....

⭐ PRIORITIES

- ....
- ....
- ....
- ....
- ....
- ....
- ....
- ....
- ....

🎯 GOALS

- ....
- ....
- ....
- ....
- ....
- ....

☑ TO DO

- .... ☐
- .... ☐
- .... ☐
- .... ☐
- .... ☐
- .... ☐
- .... ☐
- .... ☐
- .... ☐
- .... ☐
- .... ☐
- .... ☐
- .... ☐
- .... ☐
- .... ☐
- .... ☐

TUESDAY
May 09, 2023

⏱ TIME

- - : - -
- - : - -
- - : - -
- - : - -
- - : - -
- - : - -
- - : - -
- - : - -
- - : - -
- - : - -
- - : - -
- - : - -
- - : - -
- - : - -
- - : - -
- - : - -
- - : - -

⭐ PRIORITIES

....
....
....
....
....
....
....
....
....

◎ GOALS

....
....
....
....
....

☑ TO DO

..............................□
..............................□
..............................□
..............................□
..............................□
..............................□
..............................□
..............................□
..............................□
..............................□
..............................□
..............................□
..............................□
..............................□

📝 NOTES:

....
....
....
....
....
....
....
....
....

 # WEDNESDAY
May 10, 2023

⏱ TIME

- - : - -	
- - : - -	
- - : - -	
- - : - -	
- - : - -	
- - : - -	
- - : - -	
- - : - -	
- - : - -	
- - : - -	
- - : - -	
- - : - -	
- - : - -	
- - : - -	
- - : - -	

📝 NOTES:

....
....
....
....
....
....
....
....
....
....
....
....

⭐ PRIORITIES

• ....
• ....
• ....
• ....
• ....
• ....
• ....
• ....
• ....

◎ GOALS

• ....
• ....
• ....
• ....
• ....

☑ TO DO

• .... ☐
• .... ☐
• .... ☐
• .... ☐
• .... ☐
• .... ☐
• .... ☐
• .... ☐
• .... ☐
• .... ☐
• .... ☐
• .... ☐
• .... ☐
• .... ☐

THURSDAY
May 11, 2023

⏱ TIME

- - : - -
- - : - -
- - : - -
- - : - -
- - : - -
- - : - -
- - : - -
- - : - -
- - : - -
- - : - -
- - : - -
- - : - -
- - : - -
- - : - -
- - : - -

📝 NOTES:

⭐ PRIORITIES

🎯 GOALS

☑ TO DO

FRIDAY
May 12, 2023

⏱ TIME

- - : - -	
- - : - -	
- - : - -	
- - : - -	
- - : - -	
- - : - -	
- - : - -	
- - : - -	
- - : - -	
- - : - -	
- - : - -	
- - : - -	
- - : - -	
- - : - -	
- - : - -	
- - : - -	
- - : - -	

📝 NOTES:

⭐ PRIORITIES

🎯 GOALS

☑ TO DO

- ☐
- ☐
- ☐
- ☐
- ☐
- ☐
- ☐
- ☐
- ☐
- ☐
- ☐
- ☐
- ☐
- ☐
- ☐

SATURDAY
May 13, 2023

TIME

- - : - -

- - : - -

- - : - -

- - : - -

- - : - -

- - : - -

- - : - -

- - : - -

- - : - -

- - : - -

- - : - -

- - : - -

- - : - -

- - : - -

- - : - -

- - : - -

NOTES:

PRIORITIES

GOALS

TO DO

SUNDAY
May 14, 2023

⏱ TIME

- - : - -
- - : - -
- - : - -
- - : - -
- - : - -
- - : - -
- - : - -
- - : - -
- - : - -
- - : - -
- - : - -
- - : - -
- - : - -
- - : - -
- - : - -
- - : - -

⭐ PRIORITIES

🎯 GOALS

☑ TO DO

- ☐
- ☐
- ☐
- ☐
- ☐
- ☐
- ☐
- ☐
- ☐
- ☐
- ☐
- ☐
- ☐
- ☐

📝 NOTES:

MONDAY
May 15, 2023

⏱ TIME

- - : - -	
- - : - -	
- - : - -	
- - : - -	
- - : - -	
- - : - -	
- - : - -	
- - : - -	
- - : - -	
- - : - -	
- - : - -	
- - : - -	
- - : - -	
- - : - -	
- - : - -	
- - : - -	
- - : - -	

📝 NOTES:

....
....
....
....
....
....
....
....
....
....
....

☆ PRIORITIES

• ....
• ....
• ....
• ....
• ....
• ....
• ....
• ....

◎ GOALS

• ....
• ....
• ....
• ....
• ....

☑ TO DO

• .... ☐
• .... ☐
• .... ☐
• .... ☐
• .... ☐
• .... ☐
• .... ☐
• .... ☐
• .... ☐
• .... ☐
• .... ☐
• .... ☐
• .... ☐
• .... ☐

TUESDAY
May 16, 2023

⏱ TIME

- - : - -	
- - : - -	
- - : - -	
- - : - -	
- - : - -	
- - : - -	
- - : - -	
- - : - -	
- - : - -	
- - : - -	
- - : - -	
- - : - -	
- - : - -	
- - : - -	
- - : - -	
- - : - -	

📝 NOTES:

☆ PRIORITIES

🎯 GOALS

☑ TO DO

WEDNESDAY
May 17, 2023

⏱ TIME

- - : - -	
- - : - -	
- - : - -	
- - : - -	
- - : - -	
- - : - -	
- - : - -	
- - : - -	
- - : - -	
- - : - -	
- - : - -	
- - : - -	
- - : - -	
- - : - -	
- - : - -	

📝 NOTES:

....
....
....
....
....
....
....
....
....
....
....

⭐ PRIORITIES

- ....
- ....
- ....
- ....
- ....
- ....
- ....
- ....
- ....

◎ GOALS

- ....
- ....
- ....
- ....
- ....

☑ TO DO

- .... ☐
- .... ☐
- .... ☐
- .... ☐
- .... ☐
- .... ☐
- .... ☐
- .... ☐
- .... ☐
- .... ☐
- .... ☐
- .... ☐
- .... ☐
- .... ☐

THURSDAY
May 18, 2023

⏱ TIME

- - : - -	
- - : - -	
- - : - -	
- - : - -	
- - : - -	
- - : - -	
- - : - -	
- - : - -	
- - : - -	
- - : - -	
- - : - -	
- - : - -	
- - : - -	
- - : - -	
- - : - -	
- - : - -	

📝 NOTES:

⭐ PRIORITIES

🎯 GOALS

☑ TO DO

- ☐
- ☐
- ☐
- ☐
- ☐
- ☐
- ☐
- ☐
- ☐
- ☐
- ☐
- ☐
- ☐
- ☐
- ☐

FRIDAY
May 19, 2023

⏱ TIME

- - : - -	
- - : - -	
- - : - -	
- - : - -	
- - : - -	
- - : - -	
- - : - -	
- - : - -	
- - : - -	
- - : - -	
- - : - -	
- - : - -	
- - : - -	
- - : - -	
- - : - -	
- - : - -	
- - : - -	

✎ NOTES:

....
....
....
....
....
....
....
....
....
....

☆ PRIORITIES

- ....
- ....
- ....
- ....
- ....
- ....
- ....
- ....
- ....
- ....

◎ GOALS

- ....
- ....
- ....
- ....
- ....
- ....

☑ TO DO

- .... ☐
- .... ☐
- .... ☐
- .... ☐
- .... ☐
- .... ☐
- .... ☐
- .... ☐
- .... ☐
- .... ☐
- .... ☐
- .... ☐
- .... ☐
- .... ☐
- .... ☐

SATURDAY
May 20, 2023

⏱ TIME

- - : - -
- - : - -
- - : - -
- - : - -
- - : - -
- - : - -
- - : - -
- - : - -
- - : - -
- - : - -
- - : - -
- - : - -
- - : - -
- - : - -
- - : - -

📝 NOTES:

....
....
....
....
....
....
....
....
....
....
....

⭐ PRIORITIES

- ....
- ....
- ....
- ....
- ....
- ....
- ....
- ....
- ....

🎯 GOALS

- ....
- ....
- ....
- ....
- ....

☑ TO DO

- .... ☐
- .... ☐
- .... ☐
- .... ☐
- .... ☐
- .... ☐
- .... ☐
- .... ☐
- .... ☐
- .... ☐
- .... ☐
- .... ☐
- .... ☐
- .... ☐

SUNDAY
May 21, 2023

TIME

- - : - -
- - : - -
- - : - -
- - : - -
- - : - -
- - : - -
- - : - -
- - : - -
- - : - -
- - : - -
- - : - -
- - : - -
- - : - -
- - : - -
- - : - -
- - : - -
- - : - -

NOTES:

PRIORITIES

GOALS

TO DO

MONDAY
May 22, 2023

⏱ TIME

-- : --
-- : --
-- : --
-- : --
-- : --
-- : --
-- : --
-- : --
-- : --
-- : --
-- : --
-- : --
-- : --
-- : --
-- : --

📝 NOTES:

⭐ PRIORITIES

🎯 GOALS

☑ TO DO

TUESDAY
May 23, 2023

TIME

- - : - -
- - : - -
- - : - -
- - : - -
- - : - -
- - : - -
- - : - -
- - : - -
- - : - -
- - : - -
- - : - -
- - : - -
- - : - -
- - : - -
- - : - -
- - : - -
- - : - -

NOTES:

....
....
....
....
....
....
....
....
....
....

PRIORITIES

- ....
- ....
- ....
- ....
- ....
- ....
- ....
- ....
- ....

GOALS

- ....
- ....
- ....
- ....
- ....

TO DO

- .... ☐
- .... ☐
- .... ☐
- .... ☐
- .... ☐
- .... ☐
- .... ☐
- .... ☐
- .... ☐
- .... ☐
- .... ☐
- .... ☐
- .... ☐
- .... ☐

 # WEDNESDAY

May 24, 2023

⏱ TIME

- - : - -	
- - : - -	
- - : - -	
- - : - -	
- - : - -	
- - : - -	
- - : - -	
- - : - -	
- - : - -	
- - : - -	
- - : - -	
- - : - -	
- - : - -	
- - : - -	
- - : - -	
- - : - -	

📝 NOTES:

....
....
....
....
....
....
....
....
....
....

☆ PRIORITIES

● ....
● ....
● ....
● ....
● ....
● ....
● ....
● ....
● ....
● ....

◎ GOALS

● ....
● ....
● ....
● ....
● ....
● ....

☑ TO DO

● .... ☐
● .... ☐
● .... ☐
● .... ☐
● .... ☐
● .... ☐
● .... ☐
● .... ☐
● .... ☐
● .... ☐
● .... ☐
● .... ☐
● .... ☐
● .... ☐

THURSDAY
May 25, 2023

⏱ TIME

- - : - -	
- - : - -	
- - : - -	
- - : - -	
- - : - -	
- - : - -	
- - : - -	
- - : - -	
- - : - -	
- - : - -	
- - : - -	
- - : - -	
- - : - -	
- - : - -	
- - : - -	
- - : - -	

📝 NOTES:

....
....
....
....
....
....
....
....
....
....
....

☆ PRIORITIES

- ....
- ....
- ....
- ....
- ....
- ....
- ....
- ....
- ....

◎ GOALS

- ....
- ....
- ....
- ....
- ....
- ....

☑ TO DO

- .... ☐
- .... ☐
- .... ☐
- .... ☐
- .... ☐
- .... ☐
- .... ☐
- .... ☐
- .... ☐
- .... ☐
- .... ☐
- .... ☐
- .... ☐
- .... ☐

FRIDAY
May 26, 2023

TIME

-- : --
-- : --
-- : --
-- : --
-- : --
-- : --
-- : --
-- : --
-- : --
-- : --
-- : --
-- : --
-- : --
-- : --
-- : --
-- : --

NOTES:

PRIORITIES

GOALS

TO DO

 # SATURDAY
May 27, 2023

⏱ TIME

- - : - -
- - : - -
- - : - -
- - : - -
- - : - -
- - : - -
- - : - -
- - : - -
- - : - -
- - : - -
- - : - -
- - : - -
- - : - -
- - : - -
- - : - -
- - : - -
- - : - -

📝 NOTES:

....
....
....
....
....
....
....
....
....
....

⭐ PRIORITIES

- ....
- ....
- ....
- ....
- ....
- ....
- ....
- ....
- ....

🎯 GOALS

- ....
- ....
- ....
- ....
- ....

☑ TO DO

- .... ☐
- .... ☐
- .... ☐
- .... ☐
- .... ☐
- .... ☐
- .... ☐
- .... ☐
- .... ☐
- .... ☐
- .... ☐
- .... ☐
- .... ☐
- .... ☐

SUNDAY
May 28, 2023

⏱ TIME

-- : --	
-- : --	
-- : --	
-- : --	
-- : --	
-- : --	
-- : --	
-- : --	
-- : --	
-- : --	
-- : --	
-- : --	
-- : --	
-- : --	
-- : --	

📝 NOTES:

....
....
....
....
....
....
....
....
....
....
....
....

⭐ PRIORITIES

● ....
● ....
● ....
● ....
● ....
● ....
● ....
● ....
● ....
● ....

◎ GOALS

● ....
● ....
● ....
● ....
● ....

☑ TO DO

● .... ☐
● .... ☐
● .... ☐
● .... ☐
● .... ☐
● .... ☐
● .... ☐
● .... ☐
● .... ☐
● .... ☐
● .... ☐
● .... ☐
● .... ☐
● .... ☐

MONDAY
May 29, 2023

⏱ TIME

- - : - -
- - : - -
- - : - -
- - : - -
- - : - -
- - : - -
- - : - -
- - : - -
- - : - -
- - : - -
- - : - -
- - : - -
- - : - -
- - : - -
- - : - -
- - : - -

📝 NOTES:

....
....
....
....
....
....
....
....
....
....
....

⭐ PRIORITIES

- ....
- ....
- ....
- ....
- ....
- ....
- ....
- ....
- ....

🎯 GOALS

- ....
- ....
- ....
- ....
- ....

☑ TO DO

- .... ☐
- .... ☐
- .... ☐
- .... ☐
- .... ☐
- .... ☐
- .... ☐
- .... ☐
- .... ☐
- .... ☐
- .... ☐
- .... ☐
- .... ☐
- .... ☐

TUESDAY
May 30, 2023

⏱ TIME

- - : - -	
- - : - -	
- - : - -	
- - : - -	
- - : - -	
- - : - -	
- - : - -	
- - : - -	
- - : - -	
- - : - -	
- - : - -	
- - : - -	
- - : - -	
- - : - -	
- - : - -	
- - : - -	
- - : - -	

📝 NOTES:

....
....
....
....
....
....
....
....
....
....
....

☆ PRIORITIES

- ....
- ....
- ....
- ....
- ....
- ....
- ....
- ....
- ....

◎ GOALS

- ....
- ....
- ....
- ....
- ....

☑ TO DO

- .... ☐
- .... ☐
- .... ☐
- .... ☐
- .... ☐
- .... ☐
- .... ☐
- .... ☐
- .... ☐
- .... ☐
- .... ☐
- .... ☐
- .... ☐
- .... ☐
- .... ☐

 # WEDNESDAY
May 31, 2023

TIME

- - : - -	
- - : - -	
- - : - -	
- - : - -	
- - : - -	
- - : - -	
- - : - -	
- - : - -	
- - : - -	
- - : - -	
- - : - -	
- - : - -	
- - : - -	
- - : - -	
- - : - -	
- - : - -	

NOTES:

....
....
....
....
....
....
....
....
....
....
....

PRIORITIES

- ....
- ....
- ....
- ....
- ....
- ....
- ....
- ....
- ....

GOALS

- ....
- ....
- ....
- ....
- ....

TO DO

- .... ☐
- .... ☐
- .... ☐
- .... ☐
- .... ☐
- .... ☐
- .... ☐
- .... ☐
- .... ☐
- .... ☐
- .... ☐
- .... ☐
- .... ☐
- .... ☐

JUNE 2023

Sun	Mon	Tue	Wed	Thu	Fri	Sat
				1	2	3
4	5	6	7	8	9	10
11	12	13	14	15	16	17
18	19	20	21	22	23	24
25	26	27	28	29	30	

📝 NOTES:

....
....
....
....
....
....
....
....
....
....
....
....

⏱ APPOINTMENT:

_____
_____
_____
_____
_____
_____
_____
_____
_____
_____
_____
_____
_____

THURSDAY
June 01, 2023

⏱ TIME

- - : - -
- - : - -
- - : - -
- - : - -
- - : - -
- - : - -
- - : - -
- - : - -
- - : - -
- - : - -
- - : - -
- - : - -
- - : - -
- - : - -
- - : - -
- - : - -
- - : - -

📝 NOTES:

⭐ PRIORITIES

🎯 GOALS

☑ TO DO

☐
☐
☐
☐
☐
☐
☐
☐
☐
☐
☐
☐
☐
☐

FRIDAY
June 02, 2023

⏱ TIME

- - : - -
- - : - -
- - : - -
- - : - -
- - : - -
- - : - -
- - : - -
- - : - -
- - : - -
- - : - -
- - : - -
- - : - -
- - : - -
- - : - -
- - : - -
- - : - -
- - : - -

📝 NOTES:

⭐ PRIORITIES

🎯 GOALS

☑ TO DO

- ☐
- ☐
- ☐
- ☐
- ☐
- ☐
- ☐
- ☐
- ☐
- ☐
- ☐
- ☐
- ☐
- ☐

 # SATURDAY
June 03, 2023

TIME

– – : – –	
– – : – –	
– – : – –	
– – : – –	
– – : – –	
– – : – –	
– – : – –	
– – : – –	
– – : – –	
– – : – –	
– – : – –	
– – : – –	
– – : – –	
– – : – –	
– – : – –	
– – : – –	
– – : – –	

PRIORITIES

GOALS

TO DO

NOTES:

SUNDAY
June 04, 2023

⏱ TIME

--:--	
--:--	
--:--	
--:--	
--:--	
--:--	
--:--	
--:--	
--:--	
--:--	
--:--	
--:--	
--:--	
--:--	
--:--	
--:--	

📝 NOTES:

....
....
....
....
....
....
....
....
....
....
....

☆ PRIORITIES

• ....
• ....
• ....
• ....
• ....
• ....
• ....
• ....
• ....

◎ GOALS

• ....
• ....
• ....
• ....
• ....

☑ TO DO

• ....☐
• ....☐
• ....☐
• ....☐
• ....☐
• ....☐
• ....☐
• ....☐
• ....☐
• ....☐
• ....☐
• ....☐
• ....☐
• ....☐

MONDAY
June 05, 2023

⏱ TIME

- - : - -

- - : - -

- - : - -

- - : - -

- - : - -

- - : - -

- - : - -

- - : - -

- - : - -

- - : - -

- - : - -

- - : - -

- - : - -

- - : - -

- - : - -

- - : - -

- - : - -

📝 NOTES:

☆ PRIORITIES

🎯 GOALS

☑ TO DO

- ☐
- ☐
- ☐
- ☐
- ☐
- ☐
- ☐
- ☐
- ☐
- ☐
- ☐
- ☐
- ☐
- ☐

TUESDAY
June 06, 2023

⏱ TIME

- - : - -
- - : - -
- - : - -
- - : - -
- - : - -
- - : - -
- - : - -
- - : - -
- - : - -
- - : - -
- - : - -
- - : - -
- - : - -
- - : - -
- - : - -
- - : - -
- - : - -

📝 NOTES:

⭐ PRIORITIES

🎯 GOALS

☑ TO DO

- ☐
- ☐
- ☐
- ☐
- ☐
- ☐
- ☐
- ☐
- ☐
- ☐
- ☐
- ☐
- ☐
- ☐
- ☐

WEDNESDAY

June 07, 2023

⏱ TIME

- - : - -

- - : - -

- - : - -

- - : - -

- - : - -

- - : - -

- - : - -

- - : - -

- - : - -

- - : - -

- - : - -

- - : - -

- - : - -

- - : - -

- - : - -

- - : - -

- - : - -

📝 NOTES:

....
....
....
....
....
....
....
....
....
....

☆ PRIORITIES

● ....
● ....
● ....
● ....
● ....
● ....
● ....
● ....
● ....

◎ GOALS

● ....
● ....
● ....
● ....
● ....

☑ TO DO

● .... ☐
● .... ☐
● .... ☐
● .... ☐
● .... ☐
● .... ☐
● .... ☐
● .... ☐
● .... ☐
● .... ☐
● .... ☐
● .... ☐
● .... ☐
● .... ☐

THURSDAY
June 08, 2023

TIME

-- : --
-- : --
-- : --
-- : --
-- : --
-- : --
-- : --
-- : --
-- : --
-- : --
-- : --
-- : --
-- : --
-- : --
-- : --

NOTES:

PRIORITIES

GOALS

TO DO

☐
☐
☐
☐
☐
☐
☐
☐
☐
☐
☐
☐
☐
☐
☐

FRIDAY
June 09, 2023

TIME

- - : - -

- - : - -

- - : - -

- - : - -

- - : - -

- - : - -

- - : - -

- - : - -

- - : - -

- - : - -

- - : - -

- - : - -

- - : - -

- - : - -

- - : - -

- - : - -

- - : - -

NOTES:

PRIORITIES

GOALS

TO DO

SATURDAY
June 10, 2023

⏱ TIME

- - : - -	
- - : - -	
- - : - -	
- - : - -	
- - : - -	
- - : - -	
- - : - -	
- - : - -	
- - : - -	
- - : - -	
- - : - -	
- - : - -	
- - : - -	
- - : - -	
- - : - -	
- - : - -	
- - : - -	

📝 NOTES:

☆ PRIORITIES

◎ GOALS

☑ TO DO

SUNDAY
June 11, 2023

⏱ TIME

- - : - -
- - : - -
- - : - -
- - : - -
- - : - -
- - : - -
- - : - -
- - : - -
- - : - -
- - : - -
- - : - -
- - : - -
- - : - -
- - : - -
- - : - -
- - : - -
- - : - -

📝 NOTES:

....
....
....
....
....
....
....
....
....
....
....

☆ PRIORITIES

- ....
- ....
- ....
- ....
- ....
- ....
- ....
- ....
- ....

◎ GOALS

- ....
- ....
- ....
- ....
- ....

☑ TO DO

- .... ☐
- .... ☐
- .... ☐
- .... ☐
- .... ☐
- .... ☐
- .... ☐
- .... ☐
- .... ☐
- .... ☐
- .... ☐
- .... ☐
- .... ☐
- .... ☐

MONDAY
June 12, 2023

⏱ TIME

-- : --

-- : --

-- : --

-- : --

-- : --

-- : --

-- : --

-- : --

-- : --

-- : --

-- : --

-- : --

-- : --

-- : --

-- : --

📝 NOTES:

☆ PRIORITIES

◎ GOALS

☑ TO DO

- ☐
- ☐
- ☐
- ☐
- ☐
- ☐
- ☐
- ☐
- ☐
- ☐
- ☐
- ☐
- ☐
- ☐

TUESDAY
June 13, 2023

⏱ TIME

- - : - -	
- - : - -	
- - : - -	
- - : - -	
- - : - -	
- - : - -	
- - : - -	
- - : - -	
- - : - -	
- - : - -	
- - : - -	
- - : - -	
- - : - -	
- - : - -	
- - : - -	
- - : - -	
- - : - -	

📝 NOTES:

⭐ PRIORITIES

🎯 GOALS

☑ TO DO

WEDNESDAY
June 14, 2023

TIME

- - : - -
- - : - -
- - : - -
- - : - -
- - : - -
- - : - -
- - : - -
- - : - -
- - : - -
- - : - -
- - : - -
- - : - -
- - : - -
- - : - -
- - : - -
- - : - -

NOTES:

PRIORITIES

GOALS

TO DO

THURSDAY

June 15, 2023

TIME

- - : - -

- - : - -

- - : - -

- - : - -

- - : - -

- - : - -

- - : - -

- - : - -

- - : - -

- - : - -

- - : - -

- - : - -

- - : - -

- - : - -

- - : - -

- - : - -

NOTES:

....
....
....
....
....
....
....
....
....
....
....

PRIORITIES

- ....
- ....
- ....
- ....
- ....
- ....
- ....
- ....
- ....

GOALS

- ....
- ....
- ....
- ....
- ....

TO DO

- .... ☐
- .... ☐
- .... ☐
- .... ☐
- .... ☐
- .... ☐
- .... ☐
- .... ☐
- .... ☐
- .... ☐
- .... ☐
- .... ☐
- .... ☐

FRIDAY
June 16, 2023

⏱ TIME

-- : --
-- : --
-- : --
-- : --
-- : --
-- : --
-- : --
-- : --
-- : --
-- : --
-- : --
-- : --
-- : --
-- : --
-- : --
-- : --

📝 NOTES:

....
....
....
....
....
....
....
....
....
....
....

☆ PRIORITIES

....
....
....
....
....
....
....
....

◎ GOALS

....
....
....
....
....

☑ TO DO

.... ☐
.... ☐
.... ☐
.... ☐
.... ☐
.... ☐
.... ☐
.... ☐
.... ☐
.... ☐
.... ☐
.... ☐
.... ☐
.... ☐
.... ☐

SATURDAY
June 17, 2023

⏱ TIME

- - : - -

- - : - -

- - : - -

- - : - -

- - : - -

- - : - -

- - : - -

- - : - -

- - : - -

- - : - -

- - : - -

- - : - -

- - : - -

- - : - -

- - : - -

- - : - -

- - : - -

📝 NOTES:

....
....
....
....
....
....
....
....
....

⭐ PRIORITIES

- ....
- ....
- ....
- ....
- ....
- ....
- ....
- ....
- ....

🎯 GOALS

- ....
- ....
- ....
- ....
- ....

☑ TO DO

- .... ☐
- .... ☐
- .... ☐
- .... ☐
- .... ☐
- .... ☐
- .... ☐
- .... ☐
- .... ☐
- .... ☐
- .... ☐
- .... ☐
- .... ☐
- .... ☐
- .... ☐
- .... ☐

SUNDAY

June 18, 2023

⏱ TIME

--:--	
--:--	
--:--	
--:--	
--:--	
--:--	
--:--	
--:--	
--:--	
--:--	
--:--	
--:--	
--:--	
--:--	
--:--	
--:--	

⭐ PRIORITIES

- ....
- ....
- ....
- ....
- ....
- ....
- ....
- ....
- ....
- ....

🎯 GOALS

- ....
- ....
- ....
- ....
- ....

☑ TO DO

- .... ☐
- .... ☐
- .... ☐
- .... ☐
- .... ☐
- .... ☐
- .... ☐
- .... ☐
- .... ☐
- .... ☐
- .... ☐
- .... ☐
- .... ☐
- .... ☐

📝 NOTES:

MONDAY
June 19, 2023

⏱ TIME

- - : - -
- - : - -
- - : - -
- - : - -
- - : - -
- - : - -
- - : - -
- - : - -
- - : - -
- - : - -
- - : - -
- - : - -
- - : - -
- - : - -
- - : - -
- - : - -
- - : - -

📝 NOTES:

....
....
....
....
....
....
....
....
....
....
....

⭐ PRIORITIES

- ....
- ....
- ....
- ....
- ....
- ....
- ....
- ....
- ....

🎯 GOALS

- ....
- ....
- ....
- ....
- ....
- ....

☑ TO DO

- .... ☐
- .... ☐
- .... ☐
- .... ☐
- .... ☐
- .... ☐
- .... ☐
- .... ☐
- .... ☐
- .... ☐
- .... ☐
- .... ☐
- .... ☐
- .... ☐
- .... ☐

TUESDAY
June 20, 2023

⏱ TIME

-- : --	
-- : --	
-- : --	
-- : --	
-- : --	
-- : --	
-- : --	
-- : --	
-- : --	
-- : --	
-- : --	
-- : --	
-- : --	
-- : --	
-- : --	
-- : --	

⭐ PRIORITIES

- ....
- ....
- ....
- ....
- ....
- ....
- ....
- ....
- ....

◎ GOALS

- ....
- ....
- ....
- ....
- ....

☑ TO DO

- .... ☐
- .... ☐
- .... ☐
- .... ☐
- .... ☐
- .... ☐
- .... ☐
- .... ☐
- .... ☐
- .... ☐
- .... ☐
- .... ☐
- .... ☐
- .... ☐

📝 NOTES:

....
....
....
....
....
....
....
....
....
....
....
....

 # WEDNESDAY

June 21, 2023

⏱ TIME

Time	
-- : --	
-- : --	
-- : --	
-- : --	
-- : --	
-- : --	
-- : --	
-- : --	
-- : --	
-- : --	
-- : --	
-- : --	
-- : --	
-- : --	
-- : --	
-- : --	

☆ PRIORITIES

◎ GOALS

☑ TO DO

📝 NOTES:

THURSDAY
June 22, 2023

TIME

- - : - -
- - : - -
- - : - -
- - : - -
- - : - -
- - : - -
- - : - -
- - : - -
- - : - -
- - : - -
- - : - -
- - : - -
- - : - -
- - : - -
- - : - -
- - : - -

NOTES:

PRIORITIES

GOALS

TO DO

FRIDAY
June 23, 2023

⏱ TIME

- - : - -	
- - : - -	
- - : - -	
- - : - -	
- - : - -	
- - : - -	
- - : - -	
- - : - -	
- - : - -	
- - : - -	
- - : - -	
- - : - -	
- - : - -	
- - : - -	
- - : - -	
- - : - -	
- - : - -	

📝 NOTES:

....
....
....
....
....
....
....
....
....
....

☆ PRIORITIES

•...
•...
•...
•...
•...
•...
•...
•...
•...
•...

◎ GOALS

•...
•...
•...
•...
•...

☑ TO DO

•.. ☐
•.. ☐
•.. ☐
•.. ☐
•.. ☐
•.. ☐
•.. ☐
•.. ☐
•.. ☐
•.. ☐
•.. ☐
•.. ☐
•.. ☐
•.. ☐
•.. ☐

 # SATURDAY
June 24, 2023

⏱ TIME

-- : --
-- : --
-- : --
-- : --
-- : --
-- : --
-- : --
-- : --
-- : --
-- : --
-- : --
-- : --
-- : --
-- : --
-- : --
-- : --
-- : --

📝 NOTES:

⭐ PRIORITIES

🎯 GOALS

☑ TO DO

SUNDAY
June 25, 2023

⏱ TIME

- - : - -
- - : - -
- - : - -
- - : - -
- - : - -
- - : - -
- - : - -
- - : - -
- - : - -
- - : - -
- - : - -
- - : - -
- - : - -
- - : - -
- - : - -
- - : - -

📝 NOTES:

....
....
....
....
....
....
....
....
....
....
....

☆ PRIORITIES

- ....
- ....
- ....
- ....
- ....
- ....
- ....
- ....
- ....

◎ GOALS

- ....
- ....
- ....
- ....
- ....

☑ TO DO

- .... ☐
- .... ☐
- .... ☐
- .... ☐
- .... ☐
- .... ☐
- .... ☐
- .... ☐
- .... ☐
- .... ☐
- .... ☐
- .... ☐
- .... ☐
- .... ☐

JULY 2023

Sun	Mon	Tue	Wed	Thu	Fri	Sat
						1
2	3	4	5	6	7	8
9	10	11	12	13	14	15
16	17	18	19	20	21	22
23	24	25	26	27	28	29
30	31					

📝 NOTES:

....
....
....
....
....
....
....
....
....
....
....
....
....

⏱ APPOINTMENT:

_____
_____
_____
_____
_____
_____
_____
_____
_____
_____
_____

MONDAY
June 26, 2023

⏱ TIME

- - : - -
- - : - -
- - : - -
- - : - -
- - : - -
- - : - -
- - : - -
- - : - -
- - : - -
- - : - -
- - : - -
- - : - -
- - : - -
- - : - -
- - : - -
- - : - -
- - : - -

📝 NOTES:

☆ PRIORITIES

◎ GOALS

☑ TO DO

TUESDAY
June 27, 2023

⏱ TIME

- - : - -
- - : - -
- - : - -
- - : - -
- - : - -
- - : - -
- - : - -
- - : - -
- - : - -
- - : - -
- - : - -
- - : - -
- - : - -
- - : - -
- - : - -
- - : - -

📝 NOTES:

☆ PRIORITIES

◎ GOALS

☑ TO DO

- ☐
- ☐
- ☐
- ☐
- ☐
- ☐
- ☐
- ☐
- ☐
- ☐
- ☐
- ☐
- ☐
- ☐

WEDNESDAY
June 28, 2023

⏱ TIME

- - : - -	
- - : - -	
- - : - -	
- - : - -	
- - : - -	
- - : - -	
- - : - -	
- - : - -	
- - : - -	
- - : - -	
- - : - -	
- - : - -	
- - : - -	
- - : - -	
- - : - -	
- - : - -	

☆ PRIORITIES

- ....
- ....
- ....
- ....
- ....
- ....
- ....
- ....
- ....

◎ GOALS

- ....
- ....
- ....
- ....
- ....

☑ TO DO

- .... ☐
- .... ☐
- .... ☐
- .... ☐
- .... ☐
- .... ☐
- .... ☐
- .... ☐
- .... ☐
- .... ☐
- .... ☐
- .... ☐
- .... ☐
- .... ☐

📝 NOTES:

....
....
....
....
....
....
....
....
....
....

THURSDAY
June 29, 2023

TIME

- - : - -
- - : - -
- - : - -
- - : - -
- - : - -
- - : - -
- - : - -
- - : - -
- - : - -
- - : - -
- - : - -
- - : - -
- - : - -
- - : - -
- - : - -
- - : - -
- - : - -

NOTES:

....
....
....
....
....
....
....
....
....
....
....

PRIORITIES

....
....
....
....
....
....
....
....
....

GOALS

....
....
....
....

TO DO

- .... ☐
- .... ☐
- .... ☐
- .... ☐
- .... ☐
- .... ☐
- .... ☐
- .... ☐
- .... ☐
- .... ☐
- .... ☐
- .... ☐
- .... ☐
- .... ☐

FRIDAY
June 30, 2023

⏱ TIME

- -- : -- --
- -- : -- --
- -- : -- --
- -- : -- --
- -- : -- --
- -- : -- --
- -- : -- --
- -- : -- --
- -- : -- --
- -- : -- --
- -- : -- --
- -- : -- --
- -- : -- --
- -- : -- --
- -- : -- --
- -- : -- --
- -- : -- --

📝 NOTES:

....
....
....
....
....
....
....
....
....
....

⭐ PRIORITIES

● ....
● ....
● ....
● ....
● ....
● ....
● ....
● ....

◎ GOALS

● ....
● ....
● ....
● ....
● ....

☑ TO DO

● .... ☐
● .... ☐
● .... ☐
● .... ☐
● .... ☐
● .... ☐
● .... ☐
● .... ☐
● .... ☐
● .... ☐
● .... ☐
● .... ☐
● .... ☐
● .... ☐

 # SATURDAY
July 01, 2023

⏱ TIME

- - : - -	
- - : - -	
- - : - -	
- - : - -	
- - : - -	
- - : - -	
- - : - -	
- - : - -	
- - : - -	
- - : - -	
- - : - -	
- - : - -	
- - : - -	
- - : - -	
- - : - -	
- - : - -	
- - : - -	

✰ PRIORITIES

- ....
- ....
- ....
- ....
- ....
- ....
- ....
- ....
- ....

◎ GOALS

- ....
- ....
- ....
- ....
- ....

☑ TO DO

- .... ☐
- .... ☐
- .... ☐
- .... ☐
- .... ☐
- .... ☐
- .... ☐
- .... ☐
- .... ☐
- .... ☐
- .... ☐
- .... ☐
- .... ☐
- .... ☐

📝 NOTES:

....
....
....
....
....
....
....
....
....
....

SUNDAY
July 02, 2023

⏱ TIME

--:--	
--:--	
--:--	
--:--	
--:--	
--:--	
--:--	
--:--	
--:--	
--:--	
--:--	
--:--	
--:--	
--:--	
--:--	
--:--	
--:--	

📝 NOTES:

....
....
....
....
....
....
....
....
....
....

☆ PRIORITIES

- ....
- ....
- ....
- ....
- ....
- ....
- ....
- ....
- ....

◎ GOALS

- ....
- ....
- ....
- ....
- ....
- ....

☑ TO DO

- .... ☐
- .... ☐
- .... ☐
- .... ☐
- .... ☐
- .... ☐
- .... ☐
- .... ☐
- .... ☐
- .... ☐
- .... ☐
- .... ☐
- .... ☐
- .... ☐

 # MONDAY
July 03, 2023

⏱ TIME

--:--	
--:--	
--:--	
--:--	
--:--	
--:--	
--:--	
--:--	
--:--	
--:--	
--:--	
--:--	
--:--	
--:--	
--:--	
--:--	

📝 NOTES:

....
....
....
....
....
....
....
....
....
....
....

☆ PRIORITIES

● ....
● ....
● ....
● ....
● ....
● ....
● ....
● ....
● ....

◎ GOALS

● ....
● ....
● ....
● ....
● ....

☑ TO DO

● .... ☐
● .... ☐
● .... ☐
● .... ☐
● .... ☐
● .... ☐
● .... ☐
● .... ☐
● .... ☐
● .... ☐
● .... ☐
● .... ☐
● .... ☐
● .... ☐
● .... ☐

TUESDAY
July 04, 2023

TIME

- -- : -- _____
- -- : -- _____
- -- : -- _____
- -- : -- _____
- -- : -- _____
- -- : -- _____
- -- : -- _____
- -- : -- _____
- -- : -- _____
- -- : -- _____
- -- : -- _____
- -- : -- _____
- -- : -- _____
- -- : -- _____
- -- : -- _____
- -- : -- _____

NOTES:

....
....
....
....
....
....
....
....
....
....

☆ PRIORITIES

- ....
- ....
- ....
- ....
- ....
- ....
- ....
- ....
- ....
- ....

◎ GOALS

- ....
- ....
- ....
- ....
- ....

☑ TO DO

- .... ☐
- .... ☐
- .... ☐
- .... ☐
- .... ☐
- .... ☐
- .... ☐
- .... ☐
- .... ☐
- .... ☐
- .... ☐
- .... ☐
- .... ☐
- .... ☐

 # WEDNESDAY

July 05, 2023

⏱ TIME

- - : - -	
- - : - -	
- - : - -	
- - : - -	
- - : - -	
- - : - -	
- - : - -	
- - : - -	
- - : - -	
- - : - -	
- - : - -	
- - : - -	
- - : - -	
- - : - -	
- - : - -	
- - : - -	
- - : - -	

📝 NOTES:

....
....
....
....
....
....
....
....
....
....
....

⭐ PRIORITIES

- ....
- ....
- ....
- ....
- ....
- ....
- ....
- ....
- ....

◎ GOALS

- ....
- ....
- ....
- ....
- ....

☑ TO DO

- .... ☐
- .... ☐
- .... ☐
- .... ☐
- .... ☐
- .... ☐
- .... ☐
- .... ☐
- .... ☐
- .... ☐
- .... ☐
- .... ☐
- .... ☐
- .... ☐

THURSDAY

July 06, 2023

⏱ TIME

- - : - -	
- - : - -	
- - : - -	
- - : - -	
- - : - -	
- - : - -	
- - : - -	
- - : - -	
- - : - -	
- - : - -	
- - : - -	
- - : - -	
- - : - -	
- - : - -	
- - : - -	
- - : - -	

📝 NOTES:

....
....
....
....
....
....
....
....
....
....

⭐ PRIORITIES

- ....
- ....
- ....
- ....
- ....
- ....
- ....
- ....
- ....

🎯 GOALS

- ....
- ....
- ....
- ....
- ....

☑ TO DO

- .... ☐
- .... ☐
- .... ☐
- .... ☐
- .... ☐
- .... ☐
- .... ☐
- .... ☐
- .... ☐
- .... ☐
- .... ☐
- .... ☐
- .... ☐
- .... ☐

FRIDAY

July 07, 2023

⏱ TIME

-- : --	
-- : --	
-- : --	
-- : --	
-- : --	
-- : --	
-- : --	
-- : --	
-- : --	
-- : --	
-- : --	
-- : --	
-- : --	
-- : --	
-- : --	
-- : --	
-- : --	

📝 NOTES:

....
....
....
....
....
....
....
....
....
....
....

⭐ PRIORITIES

● ....
● ....
● ....
● ....
● ....
● ....
● ....
● ....

🎯 GOALS

● ....
● ....
● ....
● ....
● ....

☑ TO DO

● ....☐
● ....☐
● ....☐
● ....☐
● ....☐
● ....☐
● ....☐
● ....☐
● ....☐
● ....☐
● ....☐
● ....☐
● ....☐
● ....☐

SATURDAY

July 08, 2023

TIME

- - : - -
- - : - -
- - : - -
- - : - -
- - : - -
- - : - -
- - : - -
- - : - -
- - : - -
- - : - -
- - : - -
- - : - -
- - : - -
- - : - -
- - : - -
- - : - -

NOTES:

PRIORITIES

GOALS

TO DO

SUNDAY
July 09, 2023

⏱ TIME

-- : --
-- : --
-- : --
-- : --
-- : --
-- : --
-- : --
-- : --
-- : --
-- : --
-- : --
-- : --
-- : --
-- : --
-- : --
-- : --

📝 NOTES:

⭐ PRIORITIES

🎯 GOALS

☑ TO DO

MONDAY
July 10, 2023

⏱ TIME

- - : - -
- - : - -
- - : - -
- - : - -
- - : - -
- - : - -
- - : - -
- - : - -
- - : - -
- - : - -
- - : - -
- - : - -
- - : - -
- - : - -
- - : - -
- - : - -
- - : - -

📝 NOTES:

☆ PRIORITIES

🎯 GOALS

☑ TO DO

TUESDAY
July 11, 2023

⏱ TIME

-- : --	
-- : --	
-- : --	
-- : --	
-- : --	
-- : --	
-- : --	
-- : --	
-- : --	
-- : --	
-- : --	
-- : --	
-- : --	
-- : --	
-- : --	
-- : --	
-- : --	

☆ PRIORITIES

- ....
- ....
- ....
- ....
- ....
- ....
- ....
- ....
- ....

◎ GOALS

- ....
- ....
- ....
- ....
- ....

☑ TO DO

- .... ☐
- .... ☐
- .... ☐
- .... ☐
- .... ☐
- .... ☐
- .... ☐
- .... ☐
- .... ☐
- .... ☐
- .... ☐
- .... ☐
- .... ☐
- .... ☐

📝 NOTES:

....
....
....
....
....
....
....
....
....
....

 # WEDNESDAY
July 12, 2023

⏱ TIME

- - : - -	
- - : - -	
- - : - -	
- - : - -	
- - : - -	
- - : - -	
- - : - -	
- - : - -	
- - : - -	
- - : - -	
- - : - -	
- - : - -	
- - : - -	
- - : - -	
- - : - -	
- - : - -	

📝 NOTES:

....
....
....
....
....
....
....
....
....
....

☆ PRIORITIES

- ....
- ....
- ....
- ....
- ....
- ....
- ....
- ....
- ....

◎ GOALS

- ....
- ....
- ....
- ....
- ....

☑ TO DO

- ....☐
- ....☐
- ....☐
- ....☐
- ....☐
- ....☐
- ....☐
- ....☐
- ....☐
- ....☐
- ....☐
- ....☐
- ....☐

THURSDAY
July 13, 2023

⏱ TIME

-- : --	
-- : --	
-- : --	
-- : --	
-- : --	
-- : --	
-- : --	
-- : --	
-- : --	
-- : --	
-- : --	
-- : --	
-- : --	
-- : --	
-- : --	
-- : --	

📝 NOTES:

....
....
....
....
....
....
....
....
....
....
....
....

⭐ PRIORITIES

● ....
● ....
● ....
● ....
● ....
● ....
● ....
● ....
● ....

🎯 GOALS

● ....
● ....
● ....
● ....
● ....

☑ TO DO

● .... ☐
● .... ☐
● .... ☐
● .... ☐
● .... ☐
● .... ☐
● .... ☐
● .... ☐
● .... ☐
● .... ☐
● .... ☐
● .... ☐
● .... ☐
● .... ☐

FRIDAY
July 14, 2023

TIME

- - : - -
- - : - -
- - : - -
- - : - -
- - : - -
- - : - -
- - : - -
- - : - -
- - : - -
- - : - -
- - : - -
- - : - -
- - : - -
- - : - -
- - : - -
- - : - -

PRIORITIES

- ....
- ....
- ....
- ....
- ....
- ....
- ....
- ....
- ....

GOALS

- ....
- ....
- ....
- ....
- ....

TO DO

- .... ☐
- .... ☐
- .... ☐
- .... ☐
- .... ☐
- .... ☐
- .... ☐
- .... ☐
- .... ☐
- .... ☐
- .... ☐
- .... ☐
- .... ☐

NOTES:

....
....
....
....
....
....
....
....
....

SATURDAY
July 15, 2023

⏱ TIME

- - : - -	
- - : - -	
- - : - -	
- - : - -	
- - : - -	
- - : - -	
- - : - -	
- - : - -	
- - : - -	
- - : - -	
- - : - -	
- - : - -	
- - : - -	
- - : - -	
- - : - -	
- - : - -	

📝 NOTES:

....
....
....
....
....
....
....
....
....
....
....
....

⭐ PRIORITIES

• ....
• ....
• ....
• ....
• ....
• ....
• ....
• ....
• ....
• ....

🎯 GOALS

• ....
• ....
• ....
• ....
• ....

☑ TO DO

• .... ☐
• .... ☐
• .... ☐
• .... ☐
• .... ☐
• .... ☐
• .... ☐
• .... ☐
• .... ☐
• .... ☐
• .... ☐
• .... ☐
• .... ☐
• .... ☐

SUNDAY
July 16, 2023

⏱ TIME

- - : - -
- - : - -
- - : - -
- - : - -
- - : - -
- - : - -
- - : - -
- - : - -
- - : - -
- - : - -
- - : - -
- - : - -
- - : - -
- - : - -
- - : - -
- - : - -
- - : - -

📝 NOTES:

☆ PRIORITIES

◎ GOALS

☑ TO DO

- ☐
- ☐
- ☐
- ☐
- ☐
- ☐
- ☐
- ☐
- ☐
- ☐
- ☐
- ☐
- ☐
- ☐
- ☐

MONDAY
July 17, 2023

TIME

- -- : --
- -- : --
- -- : --
- -- : --
- -- : --
- -- : --
- -- : --
- -- : --
- -- : --
- -- : --
- -- : --
- -- : --
- -- : --
- -- : --
- -- : --
- -- : --
- -- : --

NOTES:

PRIORITIES

GOALS

TO DO

☐
☐
☐
☐
☐
☐
☐
☐
☐
☐
☐
☐
☐
☐

TUESDAY
July 18, 2023

TIME

- - : - -
- - : - -
- - : - -
- - : - -
- - : - -
- - : - -
- - : - -
- - : - -
- - : - -
- - : - -
- - : - -
- - : - -
- - : - -
- - : - -
- - : - -
- - : - -

NOTES:

....
....
....
....
....
....
....
....
....
....

PRIORITIES

....
....
....
....
....
....
....
....
....

GOALS

....
....
....
....
....

TO DO

.... ☐
.... ☐
.... ☐
.... ☐
.... ☐
.... ☐
.... ☐
.... ☐
.... ☐
.... ☐
.... ☐
.... ☐
.... ☐
.... ☐

WEDNESDAY
July 19, 2023

TIME

-- : --	
-- : --	
-- : --	
-- : --	
-- : --	
-- : --	
-- : --	
-- : --	
-- : --	
-- : --	
-- : --	
-- : --	
-- : --	
-- : --	
-- : --	
-- : --	

NOTES:

PRIORITIES

GOALS

TO DO

☐
☐
☐
☐
☐
☐
☐
☐
☐
☐
☐
☐
☐
☐

THURSDAY
July 20, 2023

⏱ TIME

- - : - -
- - : - -
- - : - -
- - : - -
- - : - -
- - : - -
- - : - -
- - : - -
- - : - -
- - : - -
- - : - -
- - : - -
- - : - -
- - : - -
- - : - -
- - : - -

📝 NOTES:

....
....
....
....
....
....
....
....
....
....

☆ PRIORITIES

- ....
- ....
- ....
- ....
- ....
- ....
- ....
- ....
- ....
- ....

🎯 GOALS

- ....
- ....
- ....
- ....
- ....

☑ TO DO

- .... ☐
- .... ☐
- .... ☐
- .... ☐
- .... ☐
- .... ☐
- .... ☐
- .... ☐
- .... ☐
- .... ☐
- .... ☐
- .... ☐
- .... ☐

FRIDAY
July 21, 2023

⏱ TIME

-- : --	
-- : --	
-- : --	
-- : --	
-- : --	
-- : --	
-- : --	
-- : --	
-- : --	
-- : --	
-- : --	
-- : --	
-- : --	
-- : --	
-- : --	
-- : --	

⭐ PRIORITIES

- ....
- ....
- ....
- ....
- ....
- ....
- ....
- ....
- ....
- ....

◎ GOALS

- ....
- ....
- ....
- ....
- ....

☑ TO DO

- .... ☐
- .... ☐
- .... ☐
- .... ☐
- .... ☐
- .... ☐
- .... ☐
- .... ☐
- .... ☐
- .... ☐
- .... ☐
- .... ☐
- .... ☐
- .... ☐

📝 NOTES:

....
....
....
....
....
....
....
....
....
....
....

SATURDAY
July 22, 2023

⏱ TIME

- - : - -
- - : - -
- - : - -
- - : - -
- - : - -
- - : - -
- - : - -
- - : - -
- - : - -
- - : - -
- - : - -
- - : - -
- - : - -
- - : - -
- - : - -
- - : - -
- - : - -

📝 NOTES:

⭐ PRIORITIES

◎ GOALS

☑ TO DO

SUNDAY
July 23, 2023

⏱ TIME

- - : - -	
- - : - -	
- - : - -	
- - : - -	
- - : - -	
- - : - -	
- - : - -	
- - : - -	
- - : - -	
- - : - -	
- - : - -	
- - : - -	
- - : - -	
- - : - -	
- - : - -	
- - : - -	
- - : - -	

☆ PRIORITIES

- ....
- ....
- ....
- ....
- ....
- ....
- ....
- ....
- ....

◎ GOALS

- ....
- ....
- ....
- ....
- ....

☑ TO DO

- .... ☐
- .... ☐
- .... ☐
- .... ☐
- .... ☐
- .... ☐
- .... ☐
- .... ☐
- .... ☐
- .... ☐
- .... ☐
- .... ☐
- .... ☐
- .... ☐
- .... ☐

📝 NOTES:

....
....
....
....
....
....
....
....
....
....
....

 # MONDAY
July 24, 2023

TIME

- -- : --
- -- : --
- -- : --
- -- : --
- -- : --
- -- : --
- -- : --
- -- : --
- -- : --
- -- : --
- -- : --
- -- : --
- -- : --
- -- : --
- -- : --
- -- : --

NOTES:

....
....
....
....
....
....
....
....
....
....

PRIORITIES

- ....
- ....
- ....
- ....
- ....
- ....
- ....
- ....

GOALS

- ....
- ....
- ....
- ....
- ....

TO DO

- .... ☐
- .... ☐
- .... ☐
- .... ☐
- .... ☐
- .... ☐
- .... ☐
- .... ☐
- .... ☐
- .... ☐
- .... ☐
- .... ☐
- .... ☐
- .... ☐

 # TUESDAY
July 25, 2023

⏱ TIME

- - : - -	
- - : - -	
- - : - -	
- - : - -	
- - : - -	
- - : - -	
- - : - -	
- - : - -	
- - : - -	
- - : - -	
- - : - -	
- - : - -	
- - : - -	
- - : - -	
- - : - -	
- - : - -	

📝 NOTES:

....
....
....
....
....
....
....
....
....
....

☆ PRIORITIES

- ....
- ....
- ....
- ....
- ....
- ....
- ....
- ....
- ....

◎ GOALS

- ....
- ....
- ....
- ....
- ....

☑ TO DO

- .... ☐
- .... ☐
- .... ☐
- .... ☐
- .... ☐
- .... ☐
- .... ☐
- .... ☐
- .... ☐
- .... ☐
- .... ☐
- .... ☐
- .... ☐
- .... ☐

WEDNESDAY
July 26, 2023

⏱ TIME

- - : - - _____
- - : - - _____
- - : - - _____
- - : - - _____
- - : - - _____
- - : - - _____
- - : - - _____
- - : - - _____
- - : - - _____
- - : - - _____
- - : - - _____
- - : - - _____
- - : - - _____
- - : - - _____
- - : - - _____
- - : - - _____

📝 NOTES:

....
....
....
....
....
....
....
....
....
....
....

⭐ PRIORITIES

- ....
- ....
- ....
- ....
- ....
- ....
- ....
- ....
- ....

🎯 GOALS

- ....
- ....
- ....
- ....
- ....

☑ TO DO

- .... ☐
- .... ☐
- .... ☐
- .... ☐
- .... ☐
- .... ☐
- .... ☐
- .... ☐
- .... ☐
- .... ☐
- .... ☐
- .... ☐
- .... ☐
- .... ☐

THURSDAY
July 27, 2023

⏱ TIME

-- : --	
-- : --	
-- : --	
-- : --	
-- : --	
-- : --	
-- : --	
-- : --	
-- : --	
-- : --	
-- : --	
-- : --	
-- : --	
-- : --	
-- : --	
-- : --	

📝 NOTES:

....
....
....
....
....
....
....
....
....
....

☆ PRIORITIES

• ....
• ....
• ....
• ....
• ....
• ....
• ....
• ....

◎ GOALS

• ....
• ....
• ....
• ....
• ....

☑ TO DO

• .... ☐
• .... ☐
• .... ☐
• .... ☐
• .... ☐
• .... ☐
• .... ☐
• .... ☐
• .... ☐
• .... ☐
• .... ☐
• .... ☐
• .... ☐
• .... ☐
• .... ☐

FRIDAY
July 28, 2023

TIME

- - : - -
- - : - -
- - : - -
- - : - -
- - : - -
- - : - -
- - : - -
- - : - -
- - : - -
- - : - -
- - : - -
- - : - -
- - : - -
- - : - -
- - : - -

PRIORITIES

GOALS

TO DO

NOTES:

SATURDAY

July 29, 2023

⏱ TIME

- - : - -	
- - : - -	
- - : - -	
- - : - -	
- - : - -	
- - : - -	
- - : - -	
- - : - -	
- - : - -	
- - : - -	
- - : - -	
- - : - -	
- - : - -	
- - : - -	
- - : - -	
- - : - -	
- - : - -	

☆ PRIORITIES

....
....
....
....
....
....
....
....
....
....

◎ GOALS

....
....
....
....
....

☑ TO DO

.... ☐
.... ☐
.... ☐
.... ☐
.... ☐
.... ☐
.... ☐
.... ☐
.... ☐
.... ☐
.... ☐
.... ☐
.... ☐
.... ☐

📝 NOTES:

....
....
....
....
....
....
....
....
....
....
....

SUNDAY
July 30, 2023

⏱ TIME

- - : - -
- - : - -
- - : - -
- - : - -
- - : - -
- - : - -
- - : - -
- - : - -
- - : - -
- - : - -
- - : - -
- - : - -
- - : - -
- - : - -
- - : - -
- - : - -

📝 NOTES:

☆ PRIORITIES

🎯 GOALS

☑ TO DO

MONDAY
July 31, 2023

⏱ TIME

- - : - -	
- - : - -	
- - : - -	
- - : - -	
- - : - -	
- - : - -	
- - : - -	
- - : - -	
- - : - -	
- - : - -	
- - : - -	
- - : - -	
- - : - -	
- - : - -	
- - : - -	

📝 NOTES:

....
....
....
....
....
....
....
....
....
....
....
....

⭐ PRIORITIES

- ....
- ....
- ....
- ....
- ....
- ....
- ....
- ....
- ....

🎯 GOALS

- ....
- ....
- ....
- ....
- ....

☑ TO DO

- .... ☐
- .... ☐
- .... ☐
- .... ☐
- .... ☐
- .... ☐
- .... ☐
- .... ☐
- .... ☐
- .... ☐
- .... ☐
- .... ☐
- .... ☐
- .... ☐
- .... ☐

AUGUST 2023

Sun	Mon	Tue	Wed	Thu	Fri	Sat
		1	2	3	4	5
6	7	8	9	10	11	12
13	14	15	16	17	18	19
20	21	22	23	24	25	26
27	28	29	30	31		

📝 NOTES:

....
....
....
....
....
....
....
....
....
....
....
....
....

⏱ APPOINTMENT:

_____
_____
_____
_____
_____
_____
_____
_____
_____
_____
_____
_____

TUESDAY
August 01, 2023

⏱ TIME

- - : - -	
- - : - -	
- - : - -	
- - : - -	
- - : - -	
- - : - -	
- - : - -	
- - : - -	
- - : - -	
- - : - -	
- - : - -	
- - : - -	
- - : - -	
- - : - -	
- - : - -	
- - : - -	
- - : - -	

📝 NOTES:

....
....
....
....
....
....
....
....
....
....
....
....

☆ PRIORITIES

- ....
- ....
- ....
- ....
- ....
- ....
- ....
- ....
- ....

◎ GOALS

- ....
- ....
- ....
- ....
- ....

☑ TO DO

- .... ☐
- .... ☐
- .... ☐
- .... ☐
- .... ☐
- .... ☐
- .... ☐
- .... ☐
- .... ☐
- .... ☐
- .... ☐
- .... ☐
- .... ☐
- .... ☐

WEDNESDAY
August 02, 2023

⏱ TIME

- - : - -
- - : - -
- - : - -
- - : - -
- - : - -
- - : - -
- - : - -
- - : - -
- - : - -
- - : - -
- - : - -
- - : - -
- - : - -
- - : - -
- - : - -
- - : - -
- - : - -

✎ NOTES:

✦ PRIORITIES

◎ GOALS

☑ TO DO

THURSDAY
August 03, 2023

⏱ TIME

-- : --	
-- : --	
-- : --	
-- : --	
-- : --	
-- : --	
-- : --	
-- : --	
-- : --	
-- : --	
-- : --	
-- : --	
-- : --	
-- : --	
-- : --	
-- : --	

✎ NOTES:

☆ PRIORITIES
-
-
-
-
-
-
-
-

◎ GOALS
-
-
-
-
-

☑ TO DO
- ☐
- ☐
- ☐
- ☐
- ☐
- ☐
- ☐
- ☐
- ☐
- ☐
- ☐
- ☐
- ☐
- ☐

FRIDAY
August 04, 2023

⏱ TIME

- - : - -	
- - : - -	
- - : - -	
- - : - -	
- - : - -	
- - : - -	
- - : - -	
- - : - -	
- - : - -	
- - : - -	
- - : - -	
- - : - -	
- - : - -	
- - : - -	
- - : - -	
- - : - -	

📝 NOTES:

....
....
....
....
....
....
....
....
....

☆ PRIORITIES

....
....
....
....
....
....
....
....

◎ GOALS

....
....
....
....
....

☑ TO DO

.... ☐
.... ☐
.... ☐
.... ☐
.... ☐
.... ☐
.... ☐
.... ☐
.... ☐
.... ☐
.... ☐
.... ☐
.... ☐

SATURDAY
August 05, 2023

⏱ TIME

- - : - -	
- - : - -	
- - : - -	
- - : - -	
- - : - -	
- - : - -	
- - : - -	
- - : - -	
- - : - -	
- - : - -	
- - : - -	
- - : - -	
- - : - -	
- - : - -	
- - : - -	
- - : - -	
- - : - -	

📝 NOTES:

⭐ PRIORITIES

🎯 GOALS

☑ TO DO

☐
☐
☐
☐
☐
☐
☐
☐
☐
☐
☐
☐
☐
☐
☐
☐

SUNDAY
August 06, 2023

⏱ TIME

- - : - -

- - : - -

- - : - -

- - : - -

- - : - -

- - : - -

- - : - -

- - : - -

- - : - -

- - : - -

- - : - -

- - : - -

- - : - -

- - : - -

- - : - -

- - : - -

📝 NOTES:

....
....
....
....
....
....
....
....
....

⭐ PRIORITIES

• ....
• ....
• ....
• ....
• ....
• ....
• ....
• ....
• ....

🎯 GOALS

• ....
• ....
• ....
• ....
• ....

☑ TO DO

• .... ☐
• .... ☐
• .... ☐
• .... ☐
• .... ☐
• .... ☐
• .... ☐
• .... ☐
• .... ☐
• .... ☐
• .... ☐
• .... ☐
• .... ☐

MONDAY
August 07, 2023

⏱ TIME

- - : - -	
- - : - -	
- - : - -	
- - : - -	
- - : - -	
- - : - -	
- - : - -	
- - : - -	
- - : - -	
- - : - -	
- - : - -	
- - : - -	
- - : - -	
- - : - -	
- - : - -	
- - : - -	
- - : - -	

☆ PRIORITIES

• ....
• ....
• ....
• ....
• ....
• ....
• ....
• ....
• ....
• ....

🎯 GOALS

• ....
• ....
• ....
• ....
• ....

☑ TO DO

• .... ☐
• .... ☐
• .... ☐
• .... ☐
• .... ☐
• .... ☐
• .... ☐
• .... ☐
• .... ☐
• .... ☐
• .... ☐
• .... ☐
• .... ☐
• .... ☐

📝 NOTES:

....
....
....
....
....
....
....
....
....
....
....

TUESDAY
August 08, 2023

TIME

- - : - -

- - : - -

- - : - -

- - : - -

- - : - -

- - : - -

- - : - -

- - : - -

- - : - -

- - : - -

- - : - -

- - : - -

- - : - -

- - : - -

- - : - -

- - : - -

- - : - -

PRIORITIES

GOALS

TO DO

NOTES:

WEDNESDAY
August 09, 2023

⏱ TIME

Time	
-- : --	
-- : --	
-- : --	
-- : --	
-- : --	
-- : --	
-- : --	
-- : --	
-- : --	
-- : --	
-- : --	
-- : --	
-- : --	
-- : --	
-- : --	
-- : --	

📝 NOTES:

....
....
....
....
....
....
....
....
....
....
....
....

☆ PRIORITIES

- ....
- ....
- ....
- ....
- ....
- ....
- ....
- ....
- ....
- ....

🎯 GOALS

- ....
- ....
- ....
- ....
- ....
- ....

☑ TO DO

- .... ☐
- .... ☐
- .... ☐
- .... ☐
- .... ☐
- .... ☐
- .... ☐
- .... ☐
- .... ☐
- .... ☐
- .... ☐
- .... ☐
- .... ☐
- .... ☐
- .... ☐

THURSDAY
August 10, 2023

TIME

- - : - -	
- - : - -	
- - : - -	
- - : - -	
- - : - -	
- - : - -	
- - : - -	
- - : - -	
- - : - -	
- - : - -	
- - : - -	
- - : - -	
- - : - -	
- - : - -	
- - : - -	
- - : - -	

NOTES:

PRIORITIES

GOALS

TO DO

FRIDAY
August 11, 2023

⏱ TIME

- - : - -	
- - : - -	
- - : - -	
- - : - -	
- - : - -	
- - : - -	
- - : - -	
- - : - -	
- - : - -	
- - : - -	
- - : - -	
- - : - -	
- - : - -	
- - : - -	
- - : - -	
- - : - -	
- - : - -	

📝 NOTES:

....
....
....
....
....
....
....
....
....
....

⭐ PRIORITIES

• ....
• ....
• ....
• ....
• ....
• ....
• ....
• ....
• ....
• ....

🎯 GOALS

• ....
• ....
• ....
• ....
• ....
• ....

☑ TO DO

• .... ☐
• .... ☐
• .... ☐
• .... ☐
• .... ☐
• .... ☐
• .... ☐
• .... ☐
• .... ☐
• .... ☐
• .... ☐
• .... ☐
• .... ☐
• .... ☐

SATURDAY
August 12, 2023

TIME

-- : --
-- : --
-- : --
-- : --
-- : --
-- : --
-- : --
-- : --
-- : --
-- : --
-- : --
-- : --
-- : --
-- : --
-- : --
-- : --

NOTES:

PRIORITIES

GOALS

TO DO

SUNDAY
August 13, 2023

⏱ TIME

-- : --	
-- : --	
-- : --	
-- : --	
-- : --	
-- : --	
-- : --	
-- : --	
-- : --	
-- : --	
-- : --	
-- : --	
-- : --	
-- : --	
-- : --	
-- : --	

📝 NOTES:

....
....
....
....
....
....
....
....
....
....
....

☆ PRIORITIES

- ....
- ....
- ....
- ....
- ....
- ....
- ....
- ....
- ....

◎ GOALS

- ....
- ....
- ....
- ....
- ....

☑ TO DO

- .... ☐
- .... ☐
- .... ☐
- .... ☐
- .... ☐
- .... ☐
- .... ☐
- .... ☐
- .... ☐
- .... ☐
- .... ☐
- .... ☐
- .... ☐
- .... ☐

MONDAY
August 14, 2023

TIME

- - : - -
- - : - -
- - : - -
- - : - -
- - : - -
- - : - -
- - : - -
- - : - -
- - : - -
- - : - -
- - : - -
- - : - -
- - : - -
- - : - -
- - : - -
- - : - -

PRIORITIES

- ....
- ....
- ....
- ....
- ....
- ....
- ....
- ....
- ....

GOALS

- ....
- ....
- ....
- ....
- ....

TO DO

- .... ☐
- .... ☐
- .... ☐
- .... ☐
- .... ☐
- .... ☐
- .... ☐
- .... ☐
- .... ☐
- .... ☐
- .... ☐
- .... ☐
- .... ☐
- .... ☐

NOTES:

....
....
....
....
....
....
....
....
....
....

TUESDAY
August 15, 2023

⏱ TIME

- - : - -

- - : - -

- - : - -

- - : - -

- - : - -

- - : - -

- - : - -

- - : - -

- - : - -

- - : - -

- - : - -

- - : - -

- - : - -

- - : - -

- - : - -

- - : - -

- - : - -

📝 NOTES:

☆ PRIORITIES

🎯 GOALS

☑ TO DO

- ☐
- ☐
- ☐
- ☐
- ☐
- ☐
- ☐
- ☐
- ☐
- ☐
- ☐
- ☐
- ☐
- ☐

WEDNESDAY

August 16, 2023

⏱ TIME

- - : - -

- - : - -

- - : - -

- - : - -

- - : - -

- - : - -

- - : - -

- - : - -

- - : - -

- - : - -

- - : - -

- - : - -

- - : - -

- - : - -

- - : - -

- - : - -

📝 NOTES:

....

....

....

....

....

....

....

....

....

✶ PRIORITIES

- ....
- ....
- ....
- ....
- ....
- ....
- ....
- ....
- ....

◎ GOALS

- ....
- ....
- ....
- ....
- ....
- ....

☑ TO DO

- .... ☐
- .... ☐
- .... ☐
- .... ☐
- .... ☐
- .... ☐
- .... ☐
- .... ☐
- .... ☐
- .... ☐
- .... ☐
- .... ☐
- .... ☐
- .... ☐

THURSDAY
August 17, 2023

⏱ TIME

- - : - -	
- - : - -	
- - : - -	
- - : - -	
- - : - -	
- - : - -	
- - : - -	
- - : - -	
- - : - -	
- - : - -	
- - : - -	
- - : - -	
- - : - -	
- - : - -	
- - : - -	
- - : - -	

📝 NOTES:

....
....
....
....
....
....
....
....
....
....
....

✰ PRIORITIES

• ....
• ....
• ....
• ....
• ....
• ....
• ....
• ....
• ....

◎ GOALS

• ....
• ....
• ....
• ....
• ....

☑ TO DO

• .... ☐
• .... ☐
• .... ☐
• .... ☐
• .... ☐
• .... ☐
• .... ☐
• .... ☐
• .... ☐
• .... ☐
• .... ☐
• .... ☐
• .... ☐
• .... ☐

FRIDAY
August 18, 2023

⏱ TIME

- - : - -
- - : - -
- - : - -
- - : - -
- - : - -
- - : - -
- - : - -
- - : - -
- - : - -
- - : - -
- - : - -
- - : - -
- - : - -
- - : - -
- - : - -
- - : - -
- - : - -

📝 NOTES:

⭐ PRIORITIES

🎯 GOALS

☑ TO DO

SATURDAY
August 19, 2023

⏱ TIME

- - : - -	
- - : - -	
- - : - -	
- - : - -	
- - : - -	
- - : - -	
- - : - -	
- - : - -	
- - : - -	
- - : - -	
- - : - -	
- - : - -	
- - : - -	
- - : - -	
- - : - -	
- - : - -	
- - : - -	

⭐ PRIORITIES

- ....
- ....
- ....
- ....
- ....
- ....
- ....
- ....
- ....

🎯 GOALS

- ....
- ....
- ....
- ....
- ....

☑ TO DO

- .... ☐
- .... ☐
- .... ☐
- .... ☐
- .... ☐
- .... ☐
- .... ☐
- .... ☐
- .... ☐
- .... ☐
- .... ☐
- .... ☐
- .... ☐
- .... ☐
- .... ☐

📝 NOTES:

....
....
....
....
....
....
....
....
....
....
....
....

SUNDAY
August 20, 2023

⏱ TIME

- - : - -	
- - : - -	
- - : - -	
- - : - -	
- - : - -	
- - : - -	
- - : - -	
- - : - -	
- - : - -	
- - : - -	
- - : - -	
- - : - -	
- - : - -	
- - : - -	
- - : - -	
- - : - -	

✍ NOTES:

☆ PRIORITIES

◎ GOALS

☑ TO DO

 # MONDAY
August 21, 2023

⏱ TIME

- - : - -

- - : - -

- - : - -

- - : - -

- - : - -

- - : - -

- - : - -

- - : - -

- - : - -

- - : - -

- - : - -

- - : - -

- - : - -

- - : - -

- - : - -

- - : - -

📝 NOTES:

⭐ PRIORITIES

🎯 GOALS

☑ TO DO

TUESDAY
August 22, 2023

⏱ TIME

- - : - -
- - : - -
- - : - -
- - : - -
- - : - -
- - : - -
- - : - -
- - : - -
- - : - -
- - : - -
- - : - -
- - : - -
- - : - -
- - : - -
- - : - -
- - : - -

☆ PRIORITIES

- ....
- ....
- ....
- ....
- ....
- ....
- ....
- ....
- ....

◎ GOALS

- ....
- ....
- ....
- ....
- ....

☑ TO DO

- .... ☐
- .... ☐
- .... ☐
- .... ☐
- .... ☐
- .... ☐
- .... ☐
- .... ☐
- .... ☐
- .... ☐
- .... ☐
- .... ☐
- .... ☐
- .... ☐
- .... ☐

📝 NOTES:

....
....
....
....
....
....
....
....
....
....

WEDNESDAY

August 23, 2023

⏱ TIME

- - : - -
- - : - -
- - : - -
- - : - -
- - : - -
- - : - -
- - : - -
- - : - -
- - : - -
- - : - -
- - : - -
- - : - -
- - : - -
- - : - -
- - : - -
- - : - -

📝 NOTES:

....
....
....
....
....
....
....
....
....
....
....

☆ PRIORITIES

....
....
....
....
....
....
....
....

◎ GOALS

....
....
....
....
....

☑ TO DO

.... ☐
.... ☐
.... ☐
.... ☐
.... ☐
.... ☐
.... ☐
.... ☐
.... ☐
.... ☐
.... ☐
.... ☐
.... ☐
.... ☐
.... ☐

THURSDAY
August 24, 2023

⏱ TIME

- - : - -

- - : - -

- - : - -

- - : - -

- - : - -

- - : - -

- - : - -

- - : - -

- - : - -

- - : - -

- - : - -

- - : - -

- - : - -

- - : - -

- - : - -

- - : - -

📝 NOTES:

⭐ PRIORITIES

🎯 GOALS

☑ TO DO

# FRIDAY
August 25, 2023

⏱ TIME

--:--	
--:--	
--:--	
--:--	
--:--	
--:--	
--:--	
--:--	
--:--	
--:--	
--:--	
--:--	
--:--	
--:--	
--:--	
--:--	
--:--	

📝 NOTES:

....
....
....
....
....
....
....
....
....
....
....

☆ PRIORITIES

- ....
- ....
- ....
- ....
- ....
- ....
- ....
- ....
- ....
- ....

◎ GOALS

- ....
- ....
- ....
- ....
- ....

☑ TO DO

- .... ☐
- .... ☐
- .... ☐
- .... ☐
- .... ☐
- .... ☐
- .... ☐
- .... ☐
- .... ☐
- .... ☐
- .... ☐
- .... ☐
- .... ☐
- .... ☐

SATURDAY
August 26, 2023

⏱ TIME

-- : --

-- : --

-- : --

-- : --

-- : --

-- : --

-- : --

-- : --

-- : --

-- : --

-- : --

-- : --

-- : --

-- : --

-- : --

-- : --

📝 NOTES:

....
....
....
....
....
....
....
....
....
....

☆ PRIORITIES

....
....
....
....
....
....
....
....

◎ GOALS

....
....
....
....
....

☑ TO DO

.... ☐
.... ☐
.... ☐
.... ☐
.... ☐
.... ☐
.... ☐
.... ☐
.... ☐
.... ☐
.... ☐
.... ☐
.... ☐
.... ☐

SUNDAY
August 27, 2023

TIME

-- : --
-- : --
-- : --
-- : --
-- : --
-- : --
-- : --
-- : --
-- : --
-- : --
-- : --
-- : --
-- : --
-- : --
-- : --
-- : --

NOTES:

PRIORITIES

GOALS

TO DO

MONDAY
August 28, 2023

⏱ TIME

- - : - -	
- - : - -	
- - : - -	
- - : - -	
- - : - -	
- - : - -	
- - : - -	
- - : - -	
- - : - -	
- - : - -	
- - : - -	
- - : - -	
- - : - -	
- - : - -	
- - : - -	
- - : - -	

📝 NOTES:

....
....
....
....
....
....
....
....
....
....

☆ PRIORITIES

- ....
- ....
- ....
- ....
- ....
- ....
- ....
- ....
- ....

◎ GOALS

- ....
- ....
- ....
- ....
- ....

☑ TO DO

- .... ☐
- .... ☐
- .... ☐
- .... ☐
- .... ☐
- .... ☐
- .... ☐
- .... ☐
- .... ☐
- .... ☐
- .... ☐
- .... ☐
- .... ☐
- .... ☐

TUESDAY
August 29, 2023

⏱ TIME

- - : - -	
- - : - -	
- - : - -	
- - : - -	
- - : - -	
- - : - -	
- - : - -	
- - : - -	
- - : - -	
- - : - -	
- - : - -	
- - : - -	
- - : - -	
- - : - -	
- - : - -	
- - : - -	

📝 NOTES:

....
....
....
....
....
....
....
....
....
....
....

☆ PRIORITIES

- ....
- ....
- ....
- ....
- ....
- ....
- ....
- ....
- ....

◎ GOALS

- ....
- ....
- ....
- ....
- ....

☑ TO DO

- .... ☐
- .... ☐
- .... ☐
- .... ☐
- .... ☐
- .... ☐
- .... ☐
- .... ☐
- .... ☐
- .... ☐
- .... ☐
- .... ☐
- .... ☐

WEDNESDAY
August 30, 2023

⏱ TIME

- - : - -
- - : - -
- - : - -
- - : - -
- - : - -
- - : - -
- - : - -
- - : - -
- - : - -
- - : - -
- - : - -
- - : - -
- - : - -
- - : - -
- - : - -
- - : - -

📝 NOTES:

⭐ PRIORITIES

🎯 GOALS

☑ TO DO

THURSDAY
August 31, 2023

⏱ TIME

- - : - -	
- - : - -	
- - : - -	
- - : - -	
- - : - -	
- - : - -	
- - : - -	
- - : - -	
- - : - -	
- - : - -	
- - : - -	
- - : - -	
- - : - -	
- - : - -	
- - : - -	
- - : - -	

📝 NOTES:

⭐ PRIORITIES

🎯 GOALS

☑ TO DO

SEPTEMBER 2023

Sun	Mon	Tue	Wed	Thu	Fri	Sat
					1	2
3	4	5	6	7	8	9
10	11	12	13	14	15	16
17	18	19	20	21	22	23
24	25	26	27	28	29	30

📝 NOTES:

....
....
....
....
....
....
....
....
....
....
....
....

⏱ APPOINTMENT:

_____
_____
_____
_____
_____
_____
_____
_____
_____
_____

FRIDAY
September 01, 2023

⏱ TIME

- - : - -
- - : - -
- - : - -
- - : - -
- - : - -
- - : - -
- - : - -
- - : - -
- - : - -
- - : - -
- - : - -
- - : - -
- - : - -
- - : - -
- - : - -
- - : - -

✰ PRIORITIES

- ....
- ....
- ....
- ....
- ....
- ....
- ....
- ....
- ....
- ....

◎ GOALS

- ....
- ....
- ....
- ....
- ....

☑ TO DO

- .... ☐
- .... ☐
- .... ☐
- .... ☐
- .... ☐
- .... ☐
- .... ☐
- .... ☐
- .... ☐
- .... ☐
- .... ☐
- .... ☐
- .... ☐
- .... ☐

📝 NOTES:

....
....
....
....
....
....
....
....
....
....
....

SATURDAY
September 02, 2023

⏱ TIME

- - : - -
- - : - -
- - : - -
- - : - -
- - : - -
- - : - -
- - : - -
- - : - -
- - : - -
- - : - -
- - : - -
- - : - -
- - : - -
- - : - -
- - : - -
- - : - -
- - : - -

📝 NOTES:

....
....
....
....
....
....
....
....
....
....

☆ PRIORITIES

....
....
....
....
....
....
....
....
....

◎ GOALS

....
....
....
....
....

☑ TO DO

.... ☐
.... ☐
.... ☐
.... ☐
.... ☐
.... ☐
.... ☐
.... ☐
.... ☐
.... ☐
.... ☐
.... ☐
.... ☐
.... ☐

SUNDAY
September 03, 2023

⏱ TIME

- - : - -	
- - : - -	
- - : - -	
- - : - -	
- - : - -	
- - : - -	
- - : - -	
- - : - -	
- - : - -	
- - : - -	
- - : - -	
- - : - -	
- - : - -	
- - : - -	
- - : - -	
- - : - -	

📝 NOTES:

⭐ PRIORITIES

🎯 GOALS

☑ TO DO

- ☐
- ☐
- ☐
- ☐
- ☐
- ☐
- ☐
- ☐
- ☐
- ☐
- ☐
- ☐
- ☐
- ☐

MONDAY
September 04, 2023

TIME

- - : - -
- - : - -
- - : - -
- - : - -
- - : - -
- - : - -
- - : - -
- - : - -
- - : - -
- - : - -
- - : - -
- - : - -
- - : - -
- - : - -
- - : - -
- - : - -

NOTES:

....
....
....
....
....
....
....
....
....
....

PRIORITIES

- ....
- ....
- ....
- ....
- ....
- ....
- ....
- ....
- ....

GOALS

- ....
- ....
- ....
- ....
- ....

TO DO

- .... ☐
- .... ☐
- .... ☐
- .... ☐
- .... ☐
- .... ☐
- .... ☐
- .... ☐
- .... ☐
- .... ☐
- .... ☐
- .... ☐
- .... ☐
- .... ☐

TUESDAY
September 05, 2023

TIME

-- : --
-- : --
-- : --
-- : --
-- : --
-- : --
-- : --
-- : --
-- : --
-- : --
-- : --
-- : --
-- : --
-- : --
-- : --
-- : --

PRIORITIES

....
....
....
....
....
....
....
....

GOALS

....
....
....
....

TO DO

.... ☐
.... ☐
.... ☐
.... ☐
.... ☐
.... ☐
.... ☐
.... ☐
.... ☐
.... ☐
.... ☐
.... ☐
.... ☐
.... ☐

NOTES:

....
....
....
....
....
....
....
....
....
....

 # WEDNESDAY
September 06, 2023

⏱ TIME

--:--	
--:--	
--:--	
--:--	
--:--	
--:--	
--:--	
--:--	
--:--	
--:--	
--:--	
--:--	
--:--	
--:--	
--:--	
--:--	
--:--	

☆ PRIORITIES

- ....
- ....
- ....
- ....
- ....
- ....
- ....
- ....
- ....

◎ GOALS

- ....
- ....
- ....
- ....
- ....

☑ TO DO

- .... ☐
- .... ☐
- .... ☐
- .... ☐
- .... ☐
- .... ☐
- .... ☐
- .... ☐
- .... ☐
- .... ☐
- .... ☐
- .... ☐
- .... ☐
- .... ☐

📝 NOTES:

....
....
....
....
....
....
....
....
....
....
....

THURSDAY
September 07, 2023

⏱ TIME

- - : - -

- - : - -

- - : - -

- - : - -

- - : - -

- - : - -

- - : - -

- - : - -

- - : - -

- - : - -

- - : - -

- - : - -

- - : - -

- - : - -

- - : - -

- - : - -

📝 NOTES:

....
....
....
....
....
....
....
....
....
....
....
....

⭐ PRIORITIES

....
....
....
....
....
....
....
....
....

🎯 GOALS

....
....
....
....
....

☑ TO DO

- .... ☐
- .... ☐
- .... ☐
- .... ☐
- .... ☐
- .... ☐
- .... ☐
- .... ☐
- .... ☐
- .... ☐
- .... ☐
- .... ☐
- .... ☐
- .... ☐

FRIDAY
September 08, 2023

TIME

- - : - -
- - : - -
- - : - -
- - : - -
- - : - -
- - : - -
- - : - -
- - : - -
- - : - -
- - : - -
- - : - -
- - : - -
- - : - -
- - : - -
- - : - -
- - : - -
- - : - -

NOTES:

....
....
....
....
....
....
....
....
....
....
....

PRIORITIES

GOALS

TO DO

☐
☐
☐
☐
☐
☐
☐
☐
☐
☐
☐
☐
☐
☐

SATURDAY
September 09, 2023

⏱ TIME

- - : - -	
- - : - -	
- - : - -	
- - : - -	
- - : - -	
- - : - -	
- - : - -	
- - : - -	
- - : - -	
- - : - -	
- - : - -	
- - : - -	
- - : - -	
- - : - -	
- - : - -	
- - : - -	
- - : - -	

⭐ PRIORITIES

- ....
- ....
- ....
- ....
- ....
- ....
- ....
- ....
- ....

◎ GOALS

- ....
- ....
- ....
- ....
- ....

☑ TO DO

- .... ☐
- .... ☐
- .... ☐
- .... ☐
- .... ☐
- .... ☐
- .... ☐
- .... ☐
- .... ☐
- .... ☐
- .... ☐
- .... ☐
- .... ☐
- .... ☐

📝 NOTES:

....
....
....
....
....
....
....
....
....
....
....

SUNDAY
September 10, 2023

TIME

- - : - -

- - : - -

- - : - -

- - : - -

- - : - -

- - : - -

- - : - -

- - : - -

- - : - -

- - : - -

- - : - -

- - : - -

- - : - -

- - : - -

- - : - -

- - : - -

NOTES:

PRIORITIES

GOALS

TO DO

MONDAY
September 11, 2023

⏱ TIME

- - : - -	
- - : - -	
- - : - -	
- - : - -	
- - : - -	
- - : - -	
- - : - -	
- - : - -	
- - : - -	
- - : - -	
- - : - -	
- - : - -	
- - : - -	
- - : - -	
- - : - -	
- - : - -	
- - : - -	

☆ PRIORITIES

....
....
....
....
....
....
....
....
....
....

◎ GOALS

....
....
....
....
....

☑ TO DO

.... ☐
.... ☐
.... ☐
.... ☐
.... ☐
.... ☐
.... ☐
.... ☐
.... ☐
.... ☐
.... ☐
.... ☐
.... ☐
.... ☐
.... ☐
.... ☐

📝 NOTES:

....
....
....
....
....
....
....
....
....
....

TUESDAY
September 12, 2023

⏱ TIME

- - : - -

- - : - -

- - : - -

- - : - -

- - : - -

- - : - -

- - : - -

- - : - -

- - : - -

- - : - -

- - : - -

- - : - -

- - : - -

- - : - -

- - : - -

- - : - -

☆ PRIORITIES

- ....
- ....
- ....
- ....
- ....
- ....
- ....
- ....
- ....

◎ GOALS

- ....
- ....
- ....
- ....
- ....

☑ TO DO

- .... ☐
- .... ☐
- .... ☐
- .... ☐
- .... ☐
- .... ☐
- .... ☐
- .... ☐
- .... ☐
- .... ☐
- .... ☐
- .... ☐
- .... ☐
- .... ☐

📝 NOTES:

....
....
....
....
....
....
....
....
....
....

WEDNESDAY
September 13, 2023

⏱ TIME

- - : - -
- - : - -
- - : - -
- - : - -
- - : - -
- - : - -
- - : - -
- - : - -
- - : - -
- - : - -
- - : - -
- - : - -
- - : - -
- - : - -
- - : - -
- - : - -
- - : - -

☆ PRIORITIES

◎ GOALS

☑ TO DO

- ☐
- ☐
- ☐
- ☐
- ☐
- ☐
- ☐
- ☐
- ☐
- ☐
- ☐
- ☐
- ☐
- ☐

📝 NOTES:

THURSDAY
September 14, 2023

⏱ TIME

--:--	
--:--	
--:--	
--:--	
--:--	
--:--	
--:--	
--:--	
--:--	
--:--	
--:--	
--:--	
--:--	
--:--	
--:--	
--:--	

☆ PRIORITIES

- ....
- ....
- ....
- ....
- ....
- ....
- ....
- ....
- ....

◎ GOALS

- ....
- ....
- ....
- ....
- ....

☑ TO DO

- .... ☐
- .... ☐
- .... ☐
- .... ☐
- .... ☐
- .... ☐
- .... ☐
- .... ☐
- .... ☐
- .... ☐
- .... ☐
- .... ☐
- .... ☐

📝 NOTES:

....
....
....
....
....
....
....
....
....
....

FRIDAY
September 15, 2023

⏱ TIME

- - : - -

- - : - -

- - : - -

- - : - -

- - : - -

- - : - -

- - : - -

- - : - -

- - : - -

- - : - -

- - : - -

- - : - -

- - : - -

- - : - -

- - : - -

- - : - -

⭐ PRIORITIES

🎯 GOALS

☑ TO DO

📝 NOTES:

SATURDAY
September 16, 2023

⏱ TIME

- - : - -
- - : - -
- - : - -
- - : - -
- - : - -
- - : - -
- - : - -
- - : - -
- - : - -
- - : - -
- - : - -
- - : - -
- - : - -
- - : - -
- - : - -
- - : - -

📝 NOTES:

☆ PRIORITIES

🎯 GOALS

☑ TO DO

 # SUNDAY
September 17, 2023

TIME

- - : - -	
- - : - -	
- - : - -	
- - : - -	
- - : - -	
- - : - -	
- - : - -	
- - : - -	
- - : - -	
- - : - -	
- - : - -	
- - : - -	
- - : - -	
- - : - -	
- - : - -	
- - : - -	

NOTES:

....
....
....
....
....
....
....
....
....
....
....
....

☆ PRIORITIES

- ....
- ....
- ....
- ....
- ....
- ....
- ....
- ....
- ....

◎ GOALS

- ....
- ....
- ....
- ....
- ....

☑ TO DO

- .... ☐
- .... ☐
- .... ☐
- .... ☐
- .... ☐
- .... ☐
- .... ☐
- .... ☐
- .... ☐
- .... ☐
- .... ☐
- .... ☐
- .... ☐

MONDAY
September 18, 2023

⏱ TIME

-- : --
-- : --
-- : --
-- : --
-- : --
-- : --
-- : --
-- : --
-- : --
-- : --
-- : --
-- : --
-- : --
-- : --
-- : --
-- : --
-- : --

📝 NOTES:

....
....
....
....
....
....
....
....
....
....
....

⭐ PRIORITIES

• ....
• ....
• ....
• ....
• ....
• ....
• ....
• ....
• ....
• ....

🎯 GOALS

• ....
• ....
• ....
• ....
• ....
• ....

☑ TO DO

• .... ☐
• .... ☐
• .... ☐
• .... ☐
• .... ☐
• .... ☐
• .... ☐
• .... ☐
• .... ☐
• .... ☐
• .... ☐
• .... ☐
• .... ☐
• .... ☐
• .... ☐

TUESDAY
September 19, 2023

⏱ TIME

-- : --
-- : --
-- : --
-- : --
-- : --
-- : --
-- : --
-- : --
-- : --
-- : --
-- : --
-- : --
-- : --
-- : --
-- : --
-- : --

📝 NOTES:

⭐ PRIORITIES

🎯 GOALS

☑ TO DO

☐
☐
☐
☐
☐
☐
☐
☐
☐
☐
☐
☐
☐

WEDNESDAY
September 20, 2023

TIME

- - : - -
- - : - -
- - : - -
- - : - -
- - : - -
- - : - -
- - : - -
- - : - -
- - : - -
- - : - -
- - : - -
- - : - -
- - : - -
- - : - -
- - : - -
- - : - -
- - : - -

NOTES:

PRIORITIES

GOALS

TO DO

THURSDAY
September 21, 2023

⏱ TIME

- - : - -
- - : - -
- - : - -
- - : - -
- - : - -
- - : - -
- - : - -
- - : - -
- - : - -
- - : - -
- - : - -
- - : - -
- - : - -
- - : - -
- - : - -
- - : - -

📝 NOTES:

....
....
....
....
....
....
....
....
....
....
....

⭐ PRIORITIES

....
....
....
....
....
....
....
....
....

◎ GOALS

....
....
....
....
....

☑ TO DO

.... ☐
.... ☐
.... ☐
.... ☐
.... ☐
.... ☐
.... ☐
.... ☐
.... ☐
.... ☐
.... ☐
.... ☐
.... ☐

FRIDAY

September 22, 2023

⏱ TIME

- - : - -

- - : - -

- - : - -

- - : - -

- - : - -

- - : - -

- - : - -

- - : - -

- - : - -

- - : - -

- - : - -

- - : - -

- - : - -

- - : - -

- - : - -

- - : - -

📝 NOTES:

☆ PRIORITIES

🎯 GOALS

☑ TO DO

 # SATURDAY
September 23, 2023

⏱ TIME

- - : - -	
- - : - -	
- - : - -	
- - : - -	
- - : - -	
- - : - -	
- - : - -	
- - : - -	
- - : - -	
- - : - -	
- - : - -	
- - : - -	
- - : - -	
- - : - -	
- - : - -	
- - : - -	

📝 NOTES:

....
....
....
....
....
....
....
....
....
....
....

☆ PRIORITIES

- ....
- ....
- ....
- ....
- ....
- ....
- ....
- ....
- ....

◎ GOALS

- ....
- ....
- ....
- ....
- ....

☑ TO DO

- .... ☐
- .... ☐
- .... ☐
- .... ☐
- .... ☐
- .... ☐
- .... ☐
- .... ☐
- .... ☐
- .... ☐
- .... ☐
- .... ☐
- .... ☐
- .... ☐

SUNDAY
September 24, 2023

⏱ TIME

- - : - -
- - : - -
- - : - -
- - : - -
- - : - -
- - : - -
- - : - -
- - : - -
- - : - -
- - : - -
- - : - -
- - : - -
- - : - -
- - : - -
- - : - -
- - : - -

📝 NOTES:

⭐ PRIORITIES

🎯 GOALS

☑ TO DO

MONDAY
September 25, 2023

⏱ TIME

- - : - -	
- - : - -	
- - : - -	
- - : - -	
- - : - -	
- - : - -	
- - : - -	
- - : - -	
- - : - -	
- - : - -	
- - : - -	
- - : - -	
- - : - -	
- - : - -	
- - : - -	
- - : - -	

📝 NOTES:

....
....
....
....
....
....
....
....
....
....
....

☆ PRIORITIES

- ....
- ....
- ....
- ....
- ....
- ....
- ....
- ....
- ....

◎ GOALS

- ....
- ....
- ....
- ....
- ....

☑ TO DO

- .... ☐
- .... ☐
- .... ☐
- .... ☐
- .... ☐
- .... ☐
- .... ☐
- .... ☐
- .... ☐
- .... ☐
- .... ☐
- .... ☐
- .... ☐
- .... ☐

TUESDAY
September 26, 2023

⏱ TIME

- - : - -	
- - : - -	
- - : - -	
- - : - -	
- - : - -	
- - : - -	
- - : - -	
- - : - -	
- - : - -	
- - : - -	
- - : - -	
- - : - -	
- - : - -	
- - : - -	
- - : - -	
- - : - -	
- - : - -	

📝 NOTES:

....
....
....
....
....
....
....
....
....
....

☆ PRIORITIES

- ....
- ....
- ....
- ....
- ....
- ....
- ....
- ....
- ....

◎ GOALS

- ....
- ....
- ....
- ....
- ....

☑ TO DO

- .... ☐
- .... ☐
- .... ☐
- .... ☐
- .... ☐
- .... ☐
- .... ☐
- .... ☐
- .... ☐
- .... ☐
- .... ☐
- .... ☐
- .... ☐
- .... ☐

 # *WEDNESDAY*
September 27, 2023

⏱ TIME

- - : - -	
- - : - -	
- - : - -	
- - : - -	
- - : - -	
- - : - -	
- - : - -	
- - : - -	
- - : - -	
- - : - -	
- - : - -	
- - : - -	
- - : - -	
- - : - -	
- - : - -	
- - : - -	

☆ PRIORITIES

- ....
- ....
- ....
- ....
- ....
- ....
- ....
- ....
- ....

◎ GOALS

- ....
- ....
- ....
- ....
- ....

☑ TO DO

- .... ☐
- .... ☐
- .... ☐
- .... ☐
- .... ☐
- .... ☐
- .... ☐
- .... ☐
- .... ☐
- .... ☐
- .... ☐
- .... ☐
- .... ☐

📝 NOTES:

....
....
....
....
....
....
....
....
....
....
....
....

THURSDAY
September 28, 2023

⏱ TIME

-- : --

-- : --

-- : --

-- : --

-- : --

-- : --

-- : --

-- : --

-- : --

-- : --

-- : --

-- : --

-- : --

-- : --

-- : --

-- : --

📝 NOTES:

☆ PRIORITIES

🎯 GOALS

☑ TO DO

FRIDAY
September 29, 2023

⏱ TIME

- - : - -
- - : - -
- - : - -
- - : - -
- - : - -
- - : - -
- - : - -
- - : - -
- - : - -
- - : - -
- - : - -
- - : - -
- - : - -
- - : - -
- - : - -
- - : - -

📝 NOTES:

....
....
....
....
....
....
....
....
....
....
....
....

☆ PRIORITIES

....
....
....
....
....
....
....
....
....
....

◎ GOALS

....
....
....
....
....

☑ TO DO

.... ☐
.... ☐
.... ☐
.... ☐
.... ☐
.... ☐
.... ☐
.... ☐
.... ☐
.... ☐
.... ☐
.... ☐
.... ☐
.... ☐

SATURDAY

September 30, 2023

TIME

- - : - -
- - : - -
- - : - -
- - : - -
- - : - -
- - : - -
- - : - -
- - : - -
- - : - -
- - : - -
- - : - -
- - : - -
- - : - -
- - : - -
- - : - -
- - : - -
- - : - -

NOTES:

PRIORITIES

GOALS

TO DO

OCTOBER 2023

Sun	Mon	Tue	Wed	Thu	Fri	Sat
1	2	3	4	5	6	7
8	9	10	11	12	13	14
15	16	17	18	19	20	21
22	23	24	25	26	27	28
29	30	31				

📝 NOTES:

....
....
....
....
....
....
....
....
....
....
....
....
....

⏱ APPOINTMENT:

_____
_____
_____
_____
_____
_____
_____
_____
_____
_____
_____
_____

SUNDAY
October 01, 2023

⏱ TIME

- - : - -

- - : - -

- - : - -

- - : - -

- - : - -

- - : - -

- - : - -

- - : - -

- - : - -

- - : - -

- - : - -

- - : - -

- - : - -

- - : - -

- - : - -

- - : - -

- - : - -

📝 NOTES:

....
....
....
....
....
....
....
....
....
....
....

⭐ PRIORITIES

- ....
- ....
- ....
- ....
- ....
- ....
- ....
- ....
- ....
- ....

🎯 GOALS

- ....
- ....
- ....
- ....
- ....

☑ TO DO

- .... ☐
- .... ☐
- .... ☐
- .... ☐
- .... ☐
- .... ☐
- .... ☐
- .... ☐
- .... ☐
- .... ☐
- .... ☐
- .... ☐
- .... ☐
- .... ☐

MONDAY
October 02, 2023

⏱ TIME

- - : - -	
- - : - -	
- - : - -	
- - : - -	
- - : - -	
- - : - -	
- - : - -	
- - : - -	
- - : - -	
- - : - -	
- - : - -	
- - : - -	
- - : - -	
- - : - -	
- - : - -	

📝 NOTES:

....
....
....
....
....
....
....
....
....
....

⭐ PRIORITIES

● ....
● ....
● ....
● ....
● ....
● ....
● ....
● ....
● ....

◎ GOALS

● ....
● ....
● ....
● ....
● ....
● ....

☑ TO DO

● .... ☐
● .... ☐
● .... ☐
● .... ☐
● .... ☐
● .... ☐
● .... ☐
● .... ☐
● .... ☐
● .... ☐
● .... ☐
● .... ☐
● .... ☐
● .... ☐

TUESDAY
October 03, 2023

⏱ TIME

- - : - -
- - : - -
- - : - -
- - : - -
- - : - -
- - : - -
- - : - -
- - : - -
- - : - -
- - : - -
- - : - -
- - : - -
- - : - -
- - : - -
- - : - -
- - : - -

📝 NOTES:

☆ PRIORITIES

◎ GOALS

☑ TO DO

 # *WEDNESDAY*
October 04, 2023

⏱ TIME

- - : - -

- - : - -

- - : - -

- - : - -

- - : - -

- - : - -

- - : - -

- - : - -

- - : - -

- - : - -

- - : - -

- - : - -

- - : - -

- - : - -

- - : - -

- - : - -

- - : - -

📝 NOTES:

....
....
....
....
....
....
....
....
....
....
....
....

⭐ PRIORITIES

- ....
- ....
- ....
- ....
- ....
- ....
- ....
- ....
- ....
- ....

🎯 GOALS

- ....
- ....
- ....
- ....
- ....

☑ TO DO

- .... ☐
- .... ☐
- .... ☐
- .... ☐
- .... ☐
- .... ☐
- .... ☐
- .... ☐
- .... ☐
- .... ☐
- .... ☐
- .... ☐
- .... ☐

THURSDAY
October 05, 2023

⏱ TIME

- - : - -
- - : - -
- - : - -
- - : - -
- - : - -
- - : - -
- - : - -
- - : - -
- - : - -
- - : - -
- - : - -
- - : - -
- - : - -
- - : - -
- - : - -
- - : - -
- - : - -

📝 NOTES:

⭐ PRIORITIES

🎯 GOALS

☑ TO DO

FRIDAY
October 06, 2023

⏱ TIME

- - : - -	
- - : - -	
- - : - -	
- - : - -	
- - : - -	
- - : - -	
- - : - -	
- - : - -	
- - : - -	
- - : - -	
- - : - -	
- - : - -	
- - : - -	
- - : - -	
- - : - -	

📝 NOTES:

....
....
....
....
....
....
....
....
....
....
....
....

☆ PRIORITIES

• ....
• ....
• ....
• ....
• ....
• ....
• ....
• ....
• ....

🎯 GOALS

• ....
• ....
• ....
• ....
• ....

☑ TO DO

• .... ☐
• .... ☐
• .... ☐
• .... ☐
• .... ☐
• .... ☐
• .... ☐
• .... ☐
• .... ☐
• .... ☐
• .... ☐
• .... ☐
• .... ☐
• .... ☐
• .... ☐

SATURDAY
October 07, 2023

TIME

- - : - -
- - : - -
- - : - -
- - : - -
- - : - -
- - : - -
- - : - -
- - : - -
- - : - -
- - : - -
- - : - -
- - : - -
- - : - -
- - : - -
- - : - -
- - : - -
- - : - -

NOTES:

PRIORITIES

GOALS

TO DO

SUNDAY
October 08, 2023

⏱ TIME

- - : - -	
- - : - -	
- - : - -	
- - : - -	
- - : - -	
- - : - -	
- - : - -	
- - : - -	
- - : - -	
- - : - -	
- - : - -	
- - : - -	
- - : - -	
- - : - -	
- - : - -	
- - : - -	

📝 NOTES:

....
....
....
....
....
....
....
....
....
....
....

☆ PRIORITIES

- ....
- ....
- ....
- ....
- ....
- ....
- ....
- ....
- ....

◎ GOALS

- ....
- ....
- ....
- ....
- ....

☑ TO DO

- .... ☐
- .... ☐
- .... ☐
- .... ☐
- .... ☐
- .... ☐
- .... ☐
- .... ☐
- .... ☐
- .... ☐
- .... ☐
- .... ☐
- .... ☐

MONDAY
October 09, 2023

⏱ TIME

- - : - -
- - : - -
- - : - -
- - : - -
- - : - -
- - : - -
- - : - -
- - : - -
- - : - -
- - : - -
- - : - -
- - : - -
- - : - -
- - : - -
- - : - -
- - : - -

📝 NOTES:

☆ PRIORITIES

◎ GOALS

☑ TO DO

- ☐
- ☐
- ☐
- ☐
- ☐
- ☐
- ☐
- ☐
- ☐
- ☐
- ☐
- ☐
- ☐

TUESDAY
October 10, 2023

⏱ TIME

- - : - -
- - : - -
- - : - -
- - : - -
- - : - -
- - : - -
- - : - -
- - : - -
- - : - -
- - : - -
- - : - -
- - : - -
- - : - -
- - : - -
- - : - -
- - : - -

📝 NOTES:

⭐ PRIORITIES

◎ GOALS

☑ TO DO

- ☐
- ☐
- ☐
- ☐
- ☐
- ☐
- ☐
- ☐
- ☐
- ☐
- ☐
- ☐
- ☐
- ☐

 # WEDNESDAY
October 11, 2023

⏱ TIME

- - : - -	
- - : - -	
- - : - -	
- - : - -	
- - : - -	
- - : - -	
- - : - -	
- - : - -	
- - : - -	
- - : - -	
- - : - -	
- - : - -	
- - : - -	
- - : - -	
- - : - -	
- - : - -	

☆ PRIORITIES

- ....
- ....
- ....
- ....
- ....
- ....
- ....
- ....
- ....

◎ GOALS

- ....
- ....
- ....
- ....
- ....

☑ TO DO

- .... ☐
- .... ☐
- .... ☐
- .... ☐
- .... ☐
- .... ☐
- .... ☐
- .... ☐
- .... ☐
- .... ☐
- .... ☐
- .... ☐
- .... ☐
- .... ☐

📝 NOTES:

....
....
....
....
....
....
....
....
....
....

THURSDAY
October 12, 2023

TIME

- - : - -
- - : - -
- - : - -
- - : - -
- - : - -
- - : - -
- - : - -
- - : - -
- - : - -
- - : - -
- - : - -
- - : - -
- - : - -
- - : - -
- - : - -
- - : - -
- - : - -

NOTES:

....
....
....
....
....
....
....
....
....
....
....
....

PRIORITIES

....
....
....
....
....
....
....
....

GOALS

....
....
....
....
....

TO DO

- .... ☐
- .... ☐
- .... ☐
- .... ☐
- .... ☐
- .... ☐
- .... ☐
- .... ☐
- .... ☐
- .... ☐
- .... ☐
- .... ☐
- .... ☐
- .... ☐

FRIDAY
October 13, 2023

⏱ TIME

- - : - -	
- - : - -	
- - : - -	
- - : - -	
- - : - -	
- - : - -	
- - : - -	
- - : - -	
- - : - -	
- - : - -	
- - : - -	
- - : - -	
- - : - -	
- - : - -	
- - : - -	
- - : - -	
- - : - -	

⭐ PRIORITIES

- ....
- ....
- ....
- ....
- ....
- ....
- ....
- ....
- ....

◎ GOALS

- ....
- ....
- ....
- ....
- ....

☑ TO DO

- .... ☐
- .... ☐
- .... ☐
- .... ☐
- .... ☐
- .... ☐
- .... ☐
- .... ☐
- .... ☐
- .... ☐
- .... ☐
- .... ☐
- .... ☐
- .... ☐

📝 NOTES:

....
....
....
....
....
....
....
....
....
....
....

SATURDAY
October 14, 2023

⏱ TIME

- - : - -
- - : - -
- - : - -
- - : - -
- - : - -
- - : - -
- - : - -
- - : - -
- - : - -
- - : - -
- - : - -
- - : - -
- - : - -
- - : - -
- - : - -
- - : - -
- - : - -

📝 NOTES:

....
....
....
....
....
....
....
....
....
....
....
....

☆ PRIORITIES

....
....
....
....
....
....
....
....

◎ GOALS

....
....
....
....
....

☑ TO DO

.... ☐
.... ☐
.... ☐
.... ☐
.... ☐
.... ☐
.... ☐
.... ☐
.... ☐
.... ☐
.... ☐
.... ☐
.... ☐

SUNDAY
October 15, 2023

⏱ TIME

- - : - -	
- - : - -	
- - : - -	
- - : - -	
- - : - -	
- - : - -	
- - : - -	
- - : - -	
- - : - -	
- - : - -	
- - : - -	
- - : - -	
- - : - -	
- - : - -	
- - : - -	
- - : - -	

📝 NOTES:

....
....
....
....
....
....
....
....
....
....
....

☆ PRIORITIES

- ....
- ....
- ....
- ....
- ....
- ....
- ....
- ....
- ....

◎ GOALS

- ....
- ....
- ....
- ....
- ....
- ....

☑ TO DO

- .... ☐
- .... ☐
- .... ☐
- .... ☐
- .... ☐
- .... ☐
- .... ☐
- .... ☐
- .... ☐
- .... ☐
- .... ☐
- .... ☐
- .... ☐
- .... ☐

 # MONDAY
October 16, 2023

⏱ TIME

- - : - -	
- - : - -	
- - : - -	
- - : - -	
- - : - -	
- - : - -	
- - : - -	
- - : - -	
- - : - -	
- - : - -	
- - : - -	
- - : - -	
- - : - -	
- - : - -	
- - : - -	

☆ PRIORITIES

- ....
- ....
- ....
- ....
- ....
- ....
- ....
- ....
- ....

◎ GOALS

- ....
- ....
- ....
- ....
- ....
- ....

☑ TO DO

- .... ☐
- .... ☐
- .... ☐
- .... ☐
- .... ☐
- .... ☐
- .... ☐
- .... ☐
- .... ☐
- .... ☐
- .... ☐
- .... ☐
- .... ☐
- .... ☐
- .... ☐

📝 NOTES:

....
....
....
....
....
....
....
....
....
....

TUESDAY
October 17, 2023

TIME

- -- : --
- -- : --
- -- : --
- -- : --
- -- : --
- -- : --
- -- : --
- -- : --
- -- : --
- -- : --
- -- : --
- -- : --
- -- : --
- -- : --
- -- : --
- -- : --

NOTES:

PRIORITIES

GOALS

TO DO

 # WEDNESDAY
October 18, 2023

⏱ TIME

- - : - -
- - : - -
- - : - -
- - : - -
- - : - -
- - : - -
- - : - -
- - : - -
- - : - -
- - : - -
- - : - -
- - : - -
- - : - -
- - : - -
- - : - -
- - : - -

📝 NOTES:

⭐ PRIORITIES

🎯 GOALS

☑ TO DO

THURSDAY
October 19, 2023

⏱ TIME

- - : - -	
- - : - -	
- - : - -	
- - : - -	
- - : - -	
- - : - -	
- - : - -	
- - : - -	
- - : - -	
- - : - -	
- - : - -	
- - : - -	
- - : - -	
- - : - -	
- - : - -	
- - : - -	
- - : - -	

📝 NOTES:

....
....
....
....
....
....
....
....
....

☆ PRIORITIES

- ....
- ....
- ....
- ....
- ....
- ....
- ....
- ....

◎ GOALS

- ....
- ....
- ....
- ....
- ....

☑ TO DO

- .... ☐
- .... ☐
- .... ☐
- .... ☐
- .... ☐
- .... ☐
- .... ☐
- .... ☐
- .... ☐
- .... ☐
- .... ☐
- .... ☐
- .... ☐
- .... ☐
- .... ☐
- .... ☐

FRIDAY
October 20, 2023

⏱ TIME

- -- : --
- -- : --
- -- : --
- -- : --
- -- : --
- -- : --
- -- : --
- -- : --
- -- : --
- -- : --
- -- : --
- -- : --
- -- : --
- -- : --
- -- : --
- -- : --

📝 NOTES:

⭐ PRIORITIES

🎯 GOALS

☑ TO DO

- ☐
- ☐
- ☐
- ☐
- ☐
- ☐
- ☐
- ☐
- ☐
- ☐
- ☐
- ☐
- ☐
- ☐

SATURDAY
October 21, 2023

⏱ TIME

- - : - -	
- - : - -	
- - : - -	
- - : - -	
- - : - -	
- - : - -	
- - : - -	
- - : - -	
- - : - -	
- - : - -	
- - : - -	
- - : - -	
- - : - -	
- - : - -	
- - : - -	
- - : - -	
- - : - -	

📝 NOTES:

....
....
....
....
....
....
....
....
....
....
....

⭐ PRIORITIES

- ....
- ....
- ....
- ....
- ....
- ....
- ....
- ....
- ....

◎ GOALS

- ....
- ....
- ....
- ....
- ....

☑ TO DO

- .... ☐
- .... ☐
- .... ☐
- .... ☐
- .... ☐
- .... ☐
- .... ☐
- .... ☐
- .... ☐
- .... ☐
- .... ☐
- .... ☐
- .... ☐
- .... ☐

SUNDAY
October 22, 2023

⏱ TIME

- - : - -
- - : - -
- - : - -
- - : - -
- - : - -
- - : - -
- - : - -
- - : - -
- - : - -
- - : - -
- - : - -
- - : - -
- - : - -
- - : - -
- - : - -
- - : - -

📝 NOTES:

....
....
....
....
....
....
....
....
....
....
....

☆ PRIORITIES

- ....
- ....
- ....
- ....
- ....
- ....
- ....
- ....
- ....

◎ GOALS

- ....
- ....
- ....
- ....
- ....

☑ TO DO

- .... ☐
- .... ☐
- .... ☐
- .... ☐
- .... ☐
- .... ☐
- .... ☐
- .... ☐
- .... ☐
- .... ☐
- .... ☐
- .... ☐
- .... ☐
- .... ☐

MONDAY
October 23, 2023

⏱ TIME

- - : - -	
- - : - -	
- - : - -	
- - : - -	
- - : - -	
- - : - -	
- - : - -	
- - : - -	
- - : - -	
- - : - -	
- - : - -	
- - : - -	
- - : - -	
- - : - -	
- - : - -	
- - : - -	
- - : - -	

📝 NOTES:

☆ PRIORITIES

◎ GOALS

☑ TO DO

TUESDAY
October 24, 2023

⏱ TIME

- - : - -
- - : - -
- - : - -
- - : - -
- - : - -
- - : - -
- - : - -
- - : - -
- - : - -
- - : - -
- - : - -
- - : - -
- - : - -
- - : - -
- - : - -
- - : - -

📝 NOTES:

⭐ PRIORITIES

- ....
- ....
- ....
- ....
- ....
- ....
- ....
- ....
- ....
- ....

◎ GOALS

- ....
- ....
- ....
- ....
- ....
- ....

☑ TO DO

- .... ☐
- .... ☐
- .... ☐
- .... ☐
- .... ☐
- .... ☐
- .... ☐
- .... ☐
- .... ☐
- .... ☐
- .... ☐
- .... ☐
- .... ☐
- .... ☐

 # WEDNESDAY
October 25, 2023

⏱ TIME

- - : - -	
- - : - -	
- - : - -	
- - : - -	
- - : - -	
- - : - -	
- - : - -	
- - : - -	
- - : - -	
- - : - -	
- - : - -	
- - : - -	
- - : - -	
- - : - -	
- - : - -	
- - : - -	

✍ NOTES:

⭐ PRIORITIES

🎯 GOALS

☑ TO DO

THURSDAY
October 26, 2023

⏱ TIME

- - : - -	
- - : - -	
- - : - -	
- - : - -	
- - : - -	
- - : - -	
- - : - -	
- - : - -	
- - : - -	
- - : - -	
- - : - -	
- - : - -	
- - : - -	
- - : - -	
- - : - -	
- - : - -	

📝 NOTES:

....
....
....
....
....
....
....
....
....
....
....

☆ PRIORITIES

- ....
- ....
- ....
- ....
- ....
- ....
- ....
- ....
- ....

◎ GOALS

- ....
- ....
- ....
- ....
- ....

☑ TO DO

- .... ☐
- .... ☐
- .... ☐
- .... ☐
- .... ☐
- .... ☐
- .... ☐
- .... ☐
- .... ☐
- .... ☐
- .... ☐
- .... ☐
- .... ☐

FRIDAY
October 27, 2023

⏱ TIME

- - : - -

- - : - -

- - : - -

- - : - -

- - : - -

- - : - -

- - : - -

- - : - -

- - : - -

- - : - -

- - : - -

- - : - -

- - : - -

- - : - -

- - : - -

- - : - -

📝 NOTES:

....

....

....

....

....

....

....

....

....

....

....

☆ PRIORITIES

- ....
- ....
- ....
- ....
- ....
- ....
- ....
- ....

◎ GOALS

- ....
- ....
- ....
- ....
- ....

☑ TO DO

- .... ☐
- .... ☐
- .... ☐
- .... ☐
- .... ☐
- .... ☐
- .... ☐
- .... ☐
- .... ☐
- .... ☐
- .... ☐
- .... ☐
- .... ☐
- .... ☐

SATURDAY
October 28, 2023

⏱ TIME

-- : --	
-- : --	
-- : --	
-- : --	
-- : --	
-- : --	
-- : --	
-- : --	
-- : --	
-- : --	
-- : --	
-- : --	
-- : --	
-- : --	
-- : --	

📝 NOTES:

....
....
....
....
....
....
....
....
....
....
....

⭐ PRIORITIES

- ....
- ....
- ....
- ....
- ....
- ....
- ....
- ....
- ....

🎯 GOALS

- ....
- ....
- ....
- ....
- ....

☑ TO DO

- ....☐
- ....☐
- ....☐
- ....☐
- ....☐
- ....☐
- ....☐
- ....☐
- ....☐
- ....☐
- ....☐
- ....☐
- ....☐
- ....☐

SUNDAY
October 29, 2023

⏱ TIME

--:--	
--:--	
--:--	
--:--	
--:--	
--:--	
--:--	
--:--	
--:--	
--:--	
--:--	
--:--	
--:--	
--:--	
--:--	
--:--	
--:--	

☆ PRIORITIES

- ....
- ....
- ....
- ....
- ....
- ....
- ....
- ....
- ....

◎ GOALS

- ....
- ....
- ....
- ....
- ....

☑ TO DO

- .... ☐
- .... ☐
- .... ☐
- .... ☐
- .... ☐
- .... ☐
- .... ☐
- .... ☐
- .... ☐
- .... ☐
- .... ☐
- .... ☐
- .... ☐
- .... ☐

📝 NOTES:

....
....
....
....
....
....
....
....
....
....
....
....

MONDAY
October 30, 2023

⏱ TIME

Time	
- - : - -	
- - : - -	
- - : - -	
- - : - -	
- - : - -	
- - : - -	
- - : - -	
- - : - -	
- - : - -	
- - : - -	
- - : - -	
- - : - -	
- - : - -	
- - : - -	
- - : - -	
- - : - -	

⭐ PRIORITIES
- ....
- ....
- ....
- ....
- ....
- ....
- ....
- ....
- ....

🎯 GOALS
- ....
- ....
- ....
- ....
- ....

☑ TO DO
- .... ☐
- .... ☐
- .... ☐
- .... ☐
- .... ☐
- .... ☐
- .... ☐
- .... ☐
- .... ☐
- .... ☐
- .... ☐
- .... ☐
- .... ☐
- .... ☐

📝 NOTES:
....
....
....
....
....
....
....
....
....
....
....

TUESDAY
October 31, 2023

⏱ TIME

- - : - -
- - : - -
- - : - -
- - : - -
- - : - -
- - : - -
- - : - -
- - : - -
- - : - -
- - : - -
- - : - -
- - : - -
- - : - -
- - : - -
- - : - -
- - : - -

⭐ PRIORITIES

- ....
- ....
- ....
- ....
- ....
- ....
- ....
- ....
- ....

◎ GOALS

- ....
- ....
- ....
- ....
- ....

☑ TO DO

- .... ☐
- .... ☐
- .... ☐
- .... ☐
- .... ☐
- .... ☐
- .... ☐
- .... ☐
- .... ☐
- .... ☐
- .... ☐
- .... ☐
- .... ☐

📝 NOTES:

....
....
....
....
....
....
....
....
....
....

 # NOVEMBER 2023

Sun	Mon	Tue	Wed	Thu	Fri	Sat
			1	2	3	4
5	6	7	8	9	10	11
12	13	14	15	16	17	18
19	20	21	22	23	24	25
26	27	28	29	30		

📝 NOTES:

....
....
....
....
....
....
....
....
....
....
....
....

⏱ APPOINTMENT:

_____
_____
_____
_____
_____
_____
_____
_____
_____
_____
_____
_____

 # WEDNESDAY

November 01, 2023

⏱ TIME

- - : - -	
- - : - -	
- - : - -	
- - : - -	
- - : - -	
- - : - -	
- - : - -	
- - : - -	
- - : - -	
- - : - -	
- - : - -	
- - : - -	
- - : - -	
- - : - -	
- - : - -	
- - : - -	

📝 NOTES:

....
....
....
....
....
....
....
....
....
....
....

✰ PRIORITIES

- ....
- ....
- ....
- ....
- ....
- ....
- ....
- ....
- ....

◎ GOALS

- ....
- ....
- ....
- ....
- ....

☑ TO DO

- .... ☐
- .... ☐
- .... ☐
- .... ☐
- .... ☐
- .... ☐
- .... ☐
- .... ☐
- .... ☐
- .... ☐
- .... ☐
- .... ☐
- .... ☐
- .... ☐

THURSDAY
November 02, 2023

⏱ TIME

- - : - -	
- - : - -	
- - : - -	
- - : - -	
- - : - -	
- - : - -	
- - : - -	
- - : - -	
- - : - -	
- - : - -	
- - : - -	
- - : - -	
- - : - -	
- - : - -	
- - : - -	
- - : - -	

✒ NOTES:

....
....
....
....
....
....
....
....
....
....
....
....

☆ PRIORITIES

- ....
- ....
- ....
- ....
- ....
- ....
- ....
- ....

◎ GOALS

- ....
- ....
- ....
- ....
- ....

☑ TO DO

- .... ☐
- .... ☐
- .... ☐
- .... ☐
- .... ☐
- .... ☐
- .... ☐
- .... ☐
- .... ☐
- .... ☐
- .... ☐
- .... ☐
- .... ☐
- .... ☐

FRIDAY
November 03, 2023

TIME

- - : - -
- - : - -
- - : - -
- - : - -
- - : - -
- - : - -
- - : - -
- - : - -
- - : - -
- - : - -
- - : - -
- - : - -
- - : - -
- - : - -
- - : - -
- - : - -

PRIORITIES

GOALS

TO DO

☐
☐
☐
☐
☐
☐
☐
☐
☐
☐
☐
☐
☐
☐
☐
☐

NOTES:

SATURDAY
November 04, 2023

⏱ TIME

- - : - -	
- - : - -	
- - : - -	
- - : - -	
- - : - -	
- - : - -	
- - : - -	
- - : - -	
- - : - -	
- - : - -	
- - : - -	
- - : - -	
- - : - -	
- - : - -	
- - : - -	
- - : - -	

☆ PRIORITIES

- ....
- ....
- ....
- ....
- ....
- ....
- ....
- ....
- ....

◎ GOALS

- ....
- ....
- ....
- ....
- ....

☑ TO DO

- .... ☐
- .... ☐
- .... ☐
- .... ☐
- .... ☐
- .... ☐
- .... ☐
- .... ☐
- .... ☐
- .... ☐
- .... ☐
- .... ☐
- .... ☐
- .... ☐

📝 NOTES:

....
....
....
....
....
....
....
....
....
....
....

SUNDAY
November 05, 2023

⏱ TIME

- - : - -	
- - : - -	
- - : - -	
- - : - -	
- - : - -	
- - : - -	
- - : - -	
- - : - -	
- - : - -	
- - : - -	
- - : - -	
- - : - -	
- - : - -	
- - : - -	
- - : - -	
- - : - -	
- - : - -	

📝 NOTES:

....
....
....
....
....
....
....
....
....
....

☆ PRIORITIES

- ....
- ....
- ....
- ....
- ....
- ....
- ....
- ....
- ....

◎ GOALS

- ....
- ....
- ....
- ....
- ....

☑ TO DO

- .... ☐
- .... ☐
- .... ☐
- .... ☐
- .... ☐
- .... ☐
- .... ☐
- .... ☐
- .... ☐
- .... ☐
- .... ☐
- .... ☐
- .... ☐
- .... ☐
- .... ☐

MONDAY

November 06, 2023

⏱ TIME

- - : - -	
- - : - -	
- - : - -	
- - : - -	
- - : - -	
- - : - -	
- - : - -	
- - : - -	
- - : - -	
- - : - -	
- - : - -	
- - : - -	
- - : - -	
- - : - -	
- - : - -	
- - : - -	

📝 NOTES:

....
....
....
....
....
....
....
....
....
....
....

☆ PRIORITIES

• ....
• ....
• ....
• ....
• ....
• ....
• ....
• ....
• ....

◎ GOALS

• ....
• ....
• ....
• ....
• ....
• ....

☑ TO DO

• .... ☐
• .... ☐
• .... ☐
• .... ☐
• .... ☐
• .... ☐
• .... ☐
• .... ☐
• .... ☐
• .... ☐
• .... ☐
• .... ☐
• .... ☐
• .... ☐

TUESDAY
November 07, 2023

⏱ TIME

- - : - -
- - : - -
- - : - -
- - : - -
- - : - -
- - : - -
- - : - -
- - : - -
- - : - -
- - : - -
- - : - -
- - : - -
- - : - -
- - : - -
- - : - -
- - : - -

📝 NOTES:

⭐ PRIORITIES

🎯 GOALS

☑ TO DO

 # WEDNESDAY
November 08, 2023

TIME

- - : - -
- - : - -
- - : - -
- - : - -
- - : - -
- - : - -
- - : - -
- - : - -
- - : - -
- - : - -
- - : - -
- - : - -
- - : - -
- - : - -
- - : - -
- - : - -
- - : - -

NOTES:

PRIORITIES

- ....
- ....
- ....
- ....
- ....
- ....
- ....
- ....
- ....

GOALS

- ....
- ....
- ....
- ....
- ....
- ....

TO DO

- .... ☐
- .... ☐
- .... ☐
- .... ☐
- .... ☐
- .... ☐
- .... ☐
- .... ☐
- .... ☐
- .... ☐
- .... ☐
- .... ☐
- .... ☐
- .... ☐
- .... ☐

THURSDAY
November 09, 2023

⏱ TIME

- - : - -	
- - : - -	
- - : - -	
- - : - -	
- - : - -	
- - : - -	
- - : - -	
- - : - -	
- - : - -	
- - : - -	
- - : - -	
- - : - -	
- - : - -	
- - : - -	
- - : - -	
- - : - -	

📝 NOTES:

⭐ PRIORITIES

🎯 GOALS

☑ TO DO

- ☐
- ☐
- ☐
- ☐
- ☐
- ☐
- ☐
- ☐
- ☐
- ☐
- ☐
- ☐
- ☐
- ☐
- ☐
- ☐

 # FRIDAY
November 10, 2023

TIME

- - : - -	
- - : - -	
- - : - -	
- - : - -	
- - : - -	
- - : - -	
- - : - -	
- - : - -	
- - : - -	
- - : - -	
- - : - -	
- - : - -	
- - : - -	
- - : - -	
- - : - -	
- - : - -	

NOTES:

....
....
....
....
....
....
....
....
....
....
....

PRIORITIES

- ....
- ....
- ....
- ....
- ....
- ....
- ....
- ....
- ....

GOALS

- ....
- ....
- ....
- ....
- ....

TO DO

- .... ☐
- .... ☐
- .... ☐
- .... ☐
- .... ☐
- .... ☐
- .... ☐
- .... ☐
- .... ☐
- .... ☐
- .... ☐
- .... ☐
- .... ☐
- .... ☐

SATURDAY
November 11, 2023

⏱ TIME

- - : - -

- - : - -

- - : - -

- - : - -

- - : - -

- - : - -

- - : - -

- - : - -

- - : - -

- - : - -

- - : - -

- - : - -

- - : - -

- - : - -

- - : - -

- - : - -

- - : - -

✎ NOTES:

....

....

....

....

....

....

....

....

....

....

....

....

⭐ PRIORITIES

- ....
- ....
- ....
- ....
- ....
- ....
- ....
- ....
- ....

🎯 GOALS

- ....
- ....
- ....
- ....
- ....

☑ TO DO

- .... ☐
- .... ☐
- .... ☐
- .... ☐
- .... ☐
- .... ☐
- .... ☐
- .... ☐
- .... ☐
- .... ☐
- .... ☐
- .... ☐
- .... ☐
- .... ☐

SUNDAY
November 12, 2023

⏱ TIME

- - : - -	
- - : - -	
- - : - -	
- - : - -	
- - : - -	
- - : - -	
- - : - -	
- - : - -	
- - : - -	
- - : - -	
- - : - -	
- - : - -	
- - : - -	
- - : - -	
- - : - -	
- - : - -	

📝 NOTES:

....
....
....
....
....
....
....
....
....
....
....

☆ PRIORITIES

- ....
- ....
- ....
- ....
- ....
- ....
- ....
- ....
- ....

◎ GOALS

- ....
- ....
- ....
- ....
- ....

☑ TO DO

- .... ☐
- .... ☐
- .... ☐
- .... ☐
- .... ☐
- .... ☐
- .... ☐
- .... ☐
- .... ☐
- .... ☐
- .... ☐
- .... ☐
- .... ☐

MONDAY
November 13, 2023

⏱ TIME

TIME	
- - : - -	
- - : - -	
- - : - -	
- - : - -	
- - : - -	
- - : - -	
- - : - -	
- - : - -	
- - : - -	
- - : - -	
- - : - -	
- - : - -	
- - : - -	
- - : - -	
- - : - -	
- - : - -	
- - : - -	

📝 NOTES:

....
....
....
....
....
....
....
....
....
....

☆ PRIORITIES

- ....
- ....
- ....
- ....
- ....
- ....
- ....
- ....

◎ GOALS

- ....
- ....
- ....
- ....
- ....

☑ TO DO

- .... ☐
- .... ☐
- .... ☐
- .... ☐
- .... ☐
- .... ☐
- .... ☐
- .... ☐
- .... ☐
- .... ☐
- .... ☐
- .... ☐
- .... ☐
- .... ☐

TUESDAY
November 14, 2023

⏱ TIME

- - : - -
- - : - -
- - : - -
- - : - -
- - : - -
- - : - -
- - : - -
- - : - -
- - : - -
- - : - -
- - : - -
- - : - -
- - : - -
- - : - -
- - : - -

📝 NOTES:

⭐ PRIORITIES

◎ GOALS

☑ TO DO

 # WEDNESDAY
November 15, 2023

⏱ TIME

- - : - -	
- - : - -	
- - : - -	
- - : - -	
- - : - -	
- - : - -	
- - : - -	
- - : - -	
- - : - -	
- - : - -	
- - : - -	
- - : - -	
- - : - -	
- - : - -	
- - : - -	
- - : - -	

✍ NOTES:

☆ PRIORITIES

◎ GOALS

☑ TO DO

 # THURSDAY
November 16, 2023

⏱ TIME

- - : - -	
- - : - -	
- - : - -	
- - : - -	
- - : - -	
- - : - -	
- - : - -	
- - : - -	
- - : - -	
- - : - -	
- - : - -	
- - : - -	
- - : - -	
- - : - -	
- - : - -	
- - : - -	

📝 NOTES:

....
....
....
....
....
....
....
....
....
....
....
....

⭐ PRIORITIES

• ....
• ....
• ....
• ....
• ....
• ....
• ....
• ....

🎯 GOALS

• ....
• ....
• ....
• ....
• ....

☑ TO DO

• .... ☐
• .... ☐
• .... ☐
• .... ☐
• .... ☐
• .... ☐
• .... ☐
• .... ☐
• .... ☐
• .... ☐
• .... ☐
• .... ☐
• .... ☐
• .... ☐

FRIDAY
November 17, 2023

⏱ TIME

- - : - -
- - : - -
- - : - -
- - : - -
- - : - -
- - : - -
- - : - -
- - : - -
- - : - -
- - : - -
- - : - -
- - : - -
- - : - -
- - : - -
- - : - -
- - : - -
- - : - -

📝 NOTES:

⭐ PRIORITIES

🎯 GOALS

☑ TO DO

☐
☐
☐
☐
☐
☐
☐
☐
☐
☐
☐
☐
☐
☐

SATURDAY
November 18, 2023

⏱ TIME

- - : - -	
- - : - -	
- - : - -	
- - : - -	
- - : - -	
- - : - -	
- - : - -	
- - : - -	
- - : - -	
- - : - -	
- - : - -	
- - : - -	
- - : - -	
- - : - -	
- - : - -	
- - : - -	

☆ PRIORITIES

• ....
• ....
• ....
• ....
• ....
• ....
• ....
• ....

◎ GOALS

• ....
• ....
• ....
• ....
• ....
• ....

☑ TO DO

• .... ☐
• .... ☐
• .... ☐
• .... ☐
• .... ☐
• .... ☐
• .... ☐
• .... ☐
• .... ☐
• .... ☐
• .... ☐
• .... ☐
• .... ☐
• .... ☐
• .... ☐
• .... ☐

📝 NOTES:

....
....
....
....
....
....
....
....
....
....
....
....

SUNDAY
November 19, 2023

TIME

- -- : -- _____
- -- : -- _____
- -- : -- _____
- -- : -- _____
- -- : -- _____
- -- : -- _____
- -- : -- _____
- -- : -- _____
- -- : -- _____
- -- : -- _____
- -- : -- _____
- -- : -- _____
- -- : -- _____
- -- : -- _____
- -- : -- _____
- -- : -- _____

NOTES:

....
....
....
....
....
....
....
....
....
....
....

PRIORITIES

- ....
- ....
- ....
- ....
- ....
- ....
- ....
- ....

GOALS

- ....
- ....
- ....
- ....

TO DO

- .... ☐
- .... ☐
- .... ☐
- .... ☐
- .... ☐
- .... ☐
- .... ☐
- .... ☐
- .... ☐
- .... ☐
- .... ☐
- .... ☐
- .... ☐
- .... ☐

MONDAY
November 20, 2023

⏱ TIME

- - : - -	
- - : - -	
- - : - -	
- - : - -	
- - : - -	
- - : - -	
- - : - -	
- - : - -	
- - : - -	
- - : - -	
- - : - -	
- - : - -	
- - : - -	
- - : - -	
- - : - -	
- - : - -	

📝 NOTES:

....
....
....
....
....
....
....
....
....
....
....

☆ PRIORITIES

- ....
- ....
- ....
- ....
- ....
- ....
- ....
- ....
- ....

◎ GOALS

- ....
- ....
- ....
- ....
- ....
- ....

☑ TO DO

- .... ☐
- .... ☐
- .... ☐
- .... ☐
- .... ☐
- .... ☐
- .... ☐
- .... ☐
- .... ☐
- .... ☐
- .... ☐
- .... ☐
- .... ☐
- .... ☐
- .... ☐

TUESDAY
November 21, 2023

⏱ TIME

- - : - -
- - : - -
- - : - -
- - : - -
- - : - -
- - : - -
- - : - -
- - : - -
- - : - -
- - : - -
- - : - -
- - : - -
- - : - -
- - : - -
- - : - -
- - : - -
- - : - -

📝 NOTES:

⭐ PRIORITIES

🎯 GOALS

☑ TO DO

WEDNESDAY
November 22, 2023

⏱ TIME

- - : - -
- - : - -
- - : - -
- - : - -
- - : - -
- - : - -
- - : - -
- - : - -
- - : - -
- - : - -
- - : - -
- - : - -
- - : - -
- - : - -
- - : - -
- - : - -

📝 NOTES:

⭐ PRIORITIES

🎯 GOALS

☑ TO DO

THURSDAY
November 23, 2023

TIME

- - : - -
- - : - -
- - : - -
- - : - -
- - : - -
- - : - -
- - : - -
- - : - -
- - : - -
- - : - -
- - : - -
- - : - -
- - : - -
- - : - -
- - : - -
- - : - -

NOTES:

PRIORITIES

GOALS

TO DO

FRIDAY

November 24, 2023

⏱ TIME

- - : - -	
- - : - -	
- - : - -	
- - : - -	
- - : - -	
- - : - -	
- - : - -	
- - : - -	
- - : - -	
- - : - -	
- - : - -	
- - : - -	
- - : - -	
- - : - -	
- - : - -	
- - : - -	

📝 NOTES:

....
....
....
....
....
....
....
....
....
....
....
....

☆ PRIORITIES

• ....
• ....
• ....
• ....
• ....
• ....
• ....
• ....
• ....

◎ GOALS

• ....
• ....
• ....
• ....
• ....

☑ TO DO

• .... ☐
• .... ☐
• .... ☐
• .... ☐
• .... ☐
• .... ☐
• .... ☐
• .... ☐
• .... ☐
• .... ☐
• .... ☐
• .... ☐
• .... ☐

SATURDAY
November 25, 2023

⏱ TIME

- - : - -
- - : - -
- - : - -
- - : - -
- - : - -
- - : - -
- - : - -
- - : - -
- - : - -
- - : - -
- - : - -
- - : - -
- - : - -
- - : - -
- - : - -
- - : - -
- - : - -

📝 NOTES:

⭐ PRIORITIES

🎯 GOALS

☑ TO DO

SUNDAY
November 26, 2023

⏱ TIME

- - : - -	
- - : - -	
- - : - -	
- - : - -	
- - : - -	
- - : - -	
- - : - -	
- - : - -	
- - : - -	
- - : - -	
- - : - -	
- - : - -	
- - : - -	
- - : - -	
- - : - -	
- - : - -	

📝 NOTES:

....
....
....
....
....
....
....
....
....
....
....
....

☆ PRIORITIES

....
....
....
....
....
....
....
....

◎ GOALS

....
....
....
....
....

☑ TO DO

- [ ] ....
- [ ] ....
- [ ] ....
- [ ] ....
- [ ] ....
- [ ] ....
- [ ] ....
- [ ] ....
- [ ] ....
- [ ] ....
- [ ] ....
- [ ] ....
- [ ] ....
- [ ] ....

MONDAY
November 27, 2023

⏱ TIME

- - : - -	
- - : - -	
- - : - -	
- - : - -	
- - : - -	
- - : - -	
- - : - -	
- - : - -	
- - : - -	
- - : - -	
- - : - -	
- - : - -	
- - : - -	
- - : - -	
- - : - -	
- - : - -	

✎ NOTES:

☆ PRIORITIES

◎ GOALS

☑ TO DO

TUESDAY
November 28, 2023

⏱ TIME

- - : - -
- - : - -
- - : - -
- - : - -
- - : - -
- - : - -
- - : - -
- - : - -
- - : - -
- - : - -
- - : - -
- - : - -
- - : - -
- - : - -
- - : - -
- - : - -

📝 NOTES:

☆ PRIORITIES

◎ GOALS

☑ TO DO

- ☐
- ☐
- ☐
- ☐
- ☐
- ☐
- ☐
- ☐
- ☐
- ☐
- ☐
- ☐
- ☐

 # WEDNESDAY
November 29, 2023

⏱ TIME

- - : - -	
- - : - -	
- - : - -	
- - : - -	
- - : - -	
- - : - -	
- - : - -	
- - : - -	
- - : - -	
- - : - -	
- - : - -	
- - : - -	
- - : - -	
- - : - -	
- - : - -	
- - : - -	
- - : - -	

☆ PRIORITIES

- ....
- ....
- ....
- ....
- ....
- ....
- ....
- ....
- ....

◎ GOALS

- ....
- ....
- ....
- ....
- ....
- ....

☑ TO DO

- .... ☐
- .... ☐
- .... ☐
- .... ☐
- .... ☐
- .... ☐
- .... ☐
- .... ☐
- .... ☐
- .... ☐
- .... ☐
- .... ☐
- .... ☐
- .... ☐

📝 NOTES:

....
....
....
....
....
....
....
....
....
....
....
....

THURSDAY
November 30, 2023

⏱ TIME

- - : - -

- - : - -

- - : - -

- - : - -

- - : - -

- - : - -

- - : - -

- - : - -

- - : - -

- - : - -

- - : - -

- - : - -

- - : - -

- - : - -

- - : - -

- - : - -

☆ PRIORITIES

- ....
- ....
- ....
- ....
- ....
- ....
- ....
- ....
- ....

◎ GOALS

- ....
- ....
- ....
- ....
- ....
- ....

☑ TO DO

- .... ☐
- .... ☐
- .... ☐
- .... ☐
- .... ☐
- .... ☐
- .... ☐
- .... ☐
- .... ☐
- .... ☐
- .... ☐
- .... ☐
- .... ☐
- .... ☐

📝 NOTES:

....
....
....
....
....
....
....
....
....
....

 # DECEMBER 2023

Sun	Mon	Tue	Wed	Thu	Fri	Sat
					1	2
3	4	5	6	7	8	9
10	11	12	13	14	15	16
17	18	19	20	21	22	23
24	25	26	27	28	29	30
31						

📝 NOTES:

....
....
....
....
....
....
....
....
....
....
....
....

⏱ APPOINTMENT:

FRIDAY
December 01, 2023

⏱ TIME

- - : - -	
- - : - -	
- - : - -	
- - : - -	
- - : - -	
- - : - -	
- - : - -	
- - : - -	
- - : - -	
- - : - -	
- - : - -	
- - : - -	
- - : - -	
- - : - -	
- - : - -	
- - : - -	
- - : - -	

📝 NOTES:

....
....
....
....
....
....
....
....
....
....
....

⭐ PRIORITIES

● ....
● ....
● ....
● ....
● ....
● ....
● ....
● ....

◎ GOALS

● ....
● ....
● ....
● ....
● ....

☑ TO DO

● .... ☐
● .... ☐
● .... ☐
● .... ☐
● .... ☐
● .... ☐
● .... ☐
● .... ☐
● .... ☐
● .... ☐
● .... ☐
● .... ☐
● .... ☐
● .... ☐

SATURDAY
December 02, 2023

TIME

- - : - -
- - : - -
- - : - -
- - : - -
- - : - -
- - : - -
- - : - -
- - : - -
- - : - -
- - : - -
- - : - -
- - : - -
- - : - -
- - : - -
- - : - -
- - : - -
- - : - -

NOTES:

PRIORITIES

GOALS

TO DO

SUNDAY
December 03, 2023

⏱ TIME

- - : - -
- - : - -
- - : - -
- - : - -
- - : - -
- - : - -
- - : - -
- - : - -
- - : - -
- - : - -
- - : - -
- - : - -
- - : - -
- - : - -
- - : - -
- - : - -

📝 NOTES:

....
....
....
....
....
....
....
....
....
....
....

⭐ PRIORITIES

- ....
- ....
- ....
- ....
- ....
- ....
- ....
- ....
- ....

🎯 GOALS

- ....
- ....
- ....
- ....
- ....

☑ TO DO

- .... ☐
- .... ☐
- .... ☐
- .... ☐
- .... ☐
- .... ☐
- .... ☐
- .... ☐
- .... ☐
- .... ☐
- .... ☐
- .... ☐
- .... ☐
- .... ☐
- .... ☐

MONDAY
December 04, 2023

⏱ TIME

- - : - -
- - : - -
- - : - -
- - : - -
- - : - -
- - : - -
- - : - -
- - : - -
- - : - -
- - : - -
- - : - -
- - : - -
- - : - -
- - : - -
- - : - -
- - : - -

📝 NOTES:

⭐ PRIORITIES

🎯 GOALS

☑ TO DO

TUESDAY
December 05, 2023

⏱ TIME

- - : - -	
- - : - -	
- - : - -	
- - : - -	
- - : - -	
- - : - -	
- - : - -	
- - : - -	
- - : - -	
- - : - -	
- - : - -	
- - : - -	
- - : - -	
- - : - -	
- - : - -	
- - : - -	

📝 NOTES:

....
....
....
....
....
....
....
....
....
....
....
....

☆ PRIORITIES

• ....
• ....
• ....
• ....
• ....
• ....
• ....
• ....
• ....

◎ GOALS

• ....
• ....
• ....
• ....
• ....
• ....

☑ TO DO

• ....☐
• ....☐
• ....☐
• ....☐
• ....☐
• ....☐
• ....☐
• ....☐
• ....☐
• ....☐
• ....☐
• ....☐
• ....☐
• ....☐

 # WEDNESDAY
December 06, 2023

TIME

- - : - -
- - : - -
- - : - -
- - : - -
- - : - -
- - : - -
- - : - -
- - : - -
- - : - -
- - : - -
- - : - -
- - : - -
- - : - -
- - : - -
- - : - -
- - : - -
- - : - -

NOTES:

PRIORITIES

GOALS

TO DO

THURSDAY
December 07, 2023

⏱ TIME

- - : - -
- - : - -
- - : - -
- - : - -
- - : - -
- - : - -
- - : - -
- - : - -
- - : - -
- - : - -
- - : - -
- - : - -
- - : - -
- - : - -
- - : - -
- - : - -

📝 NOTES:

☆ PRIORITIES

◎ GOALS

☑ TO DO

- ☐
- ☐
- ☐
- ☐
- ☐
- ☐
- ☐
- ☐
- ☐
- ☐
- ☐
- ☐
- ☐
- ☐

FRIDAY
December 08, 2023

⏱ TIME

--:--	
--:--	
--:--	
--:--	
--:--	
--:--	
--:--	
--:--	
--:--	
--:--	
--:--	
--:--	
--:--	
--:--	
--:--	
--:--	
--:--	

✎ NOTES:

....
....
....
....
....
....
....
....
....
....
....

☆ PRIORITIES

....
....
....
....
....
....
....
....

◎ GOALS

....
....
....
....
....

☑ TO DO

.... ☐
.... ☐
.... ☐
.... ☐
.... ☐
.... ☐
.... ☐
.... ☐
.... ☐
.... ☐
.... ☐
.... ☐
.... ☐
.... ☐

SATURDAY
December 09, 2023

TIME

-- : --
-- : --
-- : --
-- : --
-- : --
-- : --
-- : --
-- : --
-- : --
-- : --
-- : --
-- : --
-- : --
-- : --
-- : --
-- : --

NOTES:

PRIORITIES

GOALS

TO DO

SUNDAY
December 10, 2023

⏱ TIME

- - : - -	
- - : - -	
- - : - -	
- - : - -	
- - : - -	
- - : - -	
- - : - -	
- - : - -	
- - : - -	
- - : - -	
- - : - -	
- - : - -	
- - : - -	
- - : - -	
- - : - -	
- - : - -	
- - : - -	

☆ PRIORITIES

◎ GOALS

☑ TO DO

📝 NOTES:

MONDAY
December 11, 2023

⏱ TIME

- - : - -

- - : - -

- - : - -

- - : - -

- - : - -

- - : - -

- - : - -

- - : - -

- - : - -

- - : - -

- - : - -

- - : - -

- - : - -

- - : - -

- - : - -

- - : - -

📝 NOTES:

....
....
....
....
....
....
....
....
....
....
....

☆ PRIORITIES

●..
●..
●..
●..
●..
●..
●..
●..
●..

◎ GOALS

●..
●..
●..
●..
●..

☑ TO DO

●.. ☐
●.. ☐
●.. ☐
●.. ☐
●.. ☐
●.. ☐
●.. ☐
●.. ☐
●.. ☐
●.. ☐
●.. ☐
●.. ☐
●.. ☐
●.. ☐
●.. ☐

TUESDAY
December 12, 2023

TIME

- - : - -
- - : - -
- - : - -
- - : - -
- - : - -
- - : - -
- - : - -
- - : - -
- - : - -
- - : - -
- - : - -
- - : - -
- - : - -
- - : - -
- - : - -
- - : - -
- - : - -

NOTES:

PRIORITIES

GOALS

TO DO

WEDNESDAY
December 13, 2023

⏱ TIME

-- : --	
-- : --	
-- : --	
-- : --	
-- : --	
-- : --	
-- : --	
-- : --	
-- : --	
-- : --	
-- : --	
-- : --	
-- : --	
-- : --	
-- : --	
-- : --	
-- : --	

📝 NOTES:

....
....
....
....
....
....
....
....
....
....
....

☆ PRIORITIES

• ....
• ....
• ....
• ....
• ....
• ....
• ....
• ....
• ....

◎ GOALS

• ....
• ....
• ....
• ....
• ....

☑ TO DO

• ....☐
• ....☐
• ....☐
• ....☐
• ....☐
• ....☐
• ....☐
• ....☐
• ....☐
• ....☐
• ....☐
• ....☐
• ....☐
• ....☐

THURSDAY
December 14, 2023

⏱ TIME

- - : - -	
- - : - -	
- - : - -	
- - : - -	
- - : - -	
- - : - -	
- - : - -	
- - : - -	
- - : - -	
- - : - -	
- - : - -	
- - : - -	
- - : - -	
- - : - -	
- - : - -	
- - : - -	
- - : - -	

📝 NOTES:

☆ PRIORITIES

🎯 GOALS

☑ TO DO

FRIDAY

December 15, 2023

⏱ TIME

- - : - -	
- - : - -	
- - : - -	
- - : - -	
- - : - -	
- - : - -	
- - : - -	
- - : - -	
- - : - -	
- - : - -	
- - : - -	
- - : - -	
- - : - -	
- - : - -	
- - : - -	
- - : - -	

📝 NOTES:

....
....
....
....
....
....
....
....
....
....
....

☆ PRIORITIES

- ....
- ....
- ....
- ....
- ....
- ....
- ....
- ....

◎ GOALS

- ....
- ....
- ....
- ....
- ....

☑ TO DO

- .... ☐
- .... ☐
- .... ☐
- .... ☐
- .... ☐
- .... ☐
- .... ☐
- .... ☐
- .... ☐
- .... ☐
- .... ☐
- .... ☐
- .... ☐
- .... ☐

SATURDAY
December 16, 2023

⏱ TIME

- - : - -
- - : - -
- - : - -
- - : - -
- - : - -
- - : - -
- - : - -
- - : - -
- - : - -
- - : - -
- - : - -
- - : - -
- - : - -
- - : - -
- - : - -
- - : - -

📝 NOTES:

....
....
....
....
....
....
....
....
....
....
....

☆ PRIORITIES

- ....
- ....
- ....
- ....
- ....
- ....
- ....
- ....
- ....

◎ GOALS

- ....
- ....
- ....
- ....
- ....

☑ TO DO

- .... ☐
- .... ☐
- .... ☐
- .... ☐
- .... ☐
- .... ☐
- .... ☐
- .... ☐
- .... ☐
- .... ☐
- .... ☐
- .... ☐
- .... ☐
- .... ☐
- .... ☐

SUNDAY
December 17, 2023

⏱ TIME

- - : - -	
- - : - -	
- - : - -	
- - : - -	
- - : - -	
- - : - -	
- - : - -	
- - : - -	
- - : - -	
- - : - -	
- - : - -	
- - : - -	
- - : - -	
- - : - -	
- - : - -	
- - : - -	
- - : - -	

📝 NOTES:

⭐ PRIORITIES

🎯 GOALS

☑ TO DO

- ☐
- ☐
- ☐
- ☐
- ☐
- ☐
- ☐
- ☐
- ☐
- ☐
- ☐
- ☐
- ☐

MONDAY
December 18, 2023

⏱ TIME

- - : - -
- - : - -
- - : - -
- - : - -
- - : - -
- - : - -
- - : - -
- - : - -
- - : - -
- - : - -
- - : - -
- - : - -
- - : - -
- - : - -
- - : - -
- - : - -
- - : - -

☆ PRIORITIES

◎ GOALS

☑ TO DO

📝 NOTES:

TUESDAY
December 19, 2023

⏱ TIME

- - : - -	
- - : - -	
- - : - -	
- - : - -	
- - : - -	
- - : - -	
- - : - -	
- - : - -	
- - : - -	
- - : - -	
- - : - -	
- - : - -	
- - : - -	
- - : - -	
- - : - -	
- - : - -	

📝 NOTES:

....
....
....
....
....
....
....
....
....
....
....
....

☆ PRIORITIES

- ....
- ....
- ....
- ....
- ....
- ....
- ....
- ....
- ....

◎ GOALS

- ....
- ....
- ....
- ....
- ....

☑ TO DO

- .... ☐
- .... ☐
- .... ☐
- .... ☐
- .... ☐
- .... ☐
- .... ☐
- .... ☐
- .... ☐
- .... ☐
- .... ☐
- .... ☐
- .... ☐

 # WEDNESDAY
December 20, 2023

TIME

- -- : --
- -- : --
- -- : --
- -- : --
- -- : --
- -- : --
- -- : --
- -- : --
- -- : --
- -- : --
- -- : --
- -- : --
- -- : --
- -- : --
- -- : --
- -- : --
- -- : --

NOTES:

PRIORITIES

- ....
- ....
- ....
- ....
- ....
- ....
- ....
- ....
- ....
- ....

GOALS

- ....
- ....
- ....
- ....
- ....

TO DO

- ....☐
- ....☐
- ....☐
- ....☐
- ....☐
- ....☐
- ....☐
- ....☐
- ....☐
- ....☐
- ....☐
- ....☐
- ....☐
- ....☐
- ....☐

THURSDAY
December 21, 2023

TIME

- - : - -	
- - : - -	
- - : - -	
- - : - -	
- - : - -	
- - : - -	
- - : - -	
- - : - -	
- - : - -	
- - : - -	
- - : - -	
- - : - -	
- - : - -	
- - : - -	
- - : - -	
- - : - -	

NOTES:

....
....
....
....
....
....
....
....
....
....
....

PRIORITIES

- ....
- ....
- ....
- ....
- ....
- ....
- ....
- ....
- ....

GOALS

- ....
- ....
- ....
- ....
- ....
- ....

TO DO

- .... ☐
- .... ☐
- .... ☐
- .... ☐
- .... ☐
- .... ☐
- .... ☐
- .... ☐
- .... ☐
- .... ☐
- .... ☐
- .... ☐
- .... ☐
- .... ☐
- .... ☐

FRIDAY
December 22, 2023

⏱ TIME

- - : - -
- - : - -
- - : - -
- - : - -
- - : - -
- - : - -
- - : - -
- - : - -
- - : - -
- - : - -
- - : - -
- - : - -
- - : - -
- - : - -
- - : - -
- - : - -
- - : - -

📝 NOTES:

⭐ PRIORITIES

🎯 GOALS

☑ TO DO

- [ ]
- [ ]
- [ ]
- [ ]
- [ ]
- [ ]
- [ ]
- [ ]
- [ ]
- [ ]
- [ ]
- [ ]
- [ ]
- [ ]
- [ ]
- [ ]

SATURDAY
December 23, 2023

TIME

- -- : --
- -- : --
- -- : --
- -- : --
- -- : --
- -- : --
- -- : --
- -- : --
- -- : --
- -- : --
- -- : --
- -- : --
- -- : --
- -- : --
- -- : --
- -- : --

NOTES:

PRIORITIES

GOALS

TO DO

SUNDAY
December 24, 2023

⏱ TIME

- - : - -
- - : - -
- - : - -
- - : - -
- - : - -
- - : - -
- - : - -
- - : - -
- - : - -
- - : - -
- - : - -
- - : - -
- - : - -
- - : - -
- - : - -
- - : - -
- - : - -

📝 NOTES:

⭐ PRIORITIES

🎯 GOALS

☑ TO DO

☐
☐
☐
☐
☐
☐
☐
☐
☐
☐
☐
☐
☐
☐
☐

 # MONDAY
December 25, 2023

⏱ TIME

- - : - -	
- - : - -	
- - : - -	
- - : - -	
- - : - -	
- - : - -	
- - : - -	
- - : - -	
- - : - -	
- - : - -	
- - : - -	
- - : - -	
- - : - -	
- - : - -	
- - : - -	
- - : - -	
- - : - -	

📝 NOTES:

....
....
....
....
....
....
....
....
....
....
....
....
....

⭐ PRIORITIES

• ....
• ....
• ....
• ....
• ....
• ....
• ....
• ....
• ....

◎ GOALS

• ....
• ....
• ....
• ....
• ....

☑ TO DO

• .... ☐
• .... ☐
• .... ☐
• .... ☐
• .... ☐
• .... ☐
• .... ☐
• .... ☐
• .... ☐
• .... ☐
• .... ☐
• .... ☐
• .... ☐
• .... ☐

TUESDAY
December 26, 2023

⏱ TIME

-- : --	
-- : --	
-- : --	
-- : --	
-- : --	
-- : --	
-- : --	
-- : --	
-- : --	
-- : --	
-- : --	
-- : --	
-- : --	
-- : --	
-- : --	
-- : --	
-- : --	

☆ PRIORITIES

◎ GOALS

☑ TO DO

📝 NOTES:

 # WEDNESDAY
December 27, 2023

⏱ TIME

- - : - -	
- - : - -	
- - : - -	
- - : - -	
- - : - -	
- - : - -	
- - : - -	
- - : - -	
- - : - -	
- - : - -	
- - : - -	
- - : - -	
- - : - -	
- - : - -	
- - : - -	
- - : - -	

📝 NOTES:

....
....
....
....
....
....
....
....
....
....
....

⭐ PRIORITIES

• ....
• ....
• ....
• ....
• ....
• ....
• ....
• ....
• ....

🎯 GOALS

• ....
• ....
• ....
• ....
• ....

☑ TO DO

• .... ☐
• .... ☐
• .... ☐
• .... ☐
• .... ☐
• .... ☐
• .... ☐
• .... ☐
• .... ☐
• .... ☐
• .... ☐
• .... ☐
• .... ☐
• .... ☐
• .... ☐

THURSDAY
December 28, 2023

⏱ TIME

- - : - -
- - : - -
- - : - -
- - : - -
- - : - -
- - : - -
- - : - -
- - : - -
- - : - -
- - : - -
- - : - -
- - : - -
- - : - -
- - : - -
- - : - -
- - : - -
- - : - -

📝 NOTES:

⭐ PRIORITIES

🎯 GOALS

☑ TO DO

FRIDAY

December 29, 2023

⏱ TIME

- - : - -

- - : - -

- - : - -

- - : - -

- - : - -

- - : - -

- - : - -

- - : - -

- - : - -

- - : - -

- - : - -

- - : - -

- - : - -

- - : - -

- - : - -

- - : - -

📝 NOTES:

⭐ PRIORITIES

🎯 GOALS

☑ TO DO

- ☐
- ☐
- ☐
- ☐
- ☐
- ☐
- ☐
- ☐
- ☐
- ☐
- ☐
- ☐
- ☐
- ☐
- ☐

SATURDAY
December 30, 2023

⏱ TIME

-- : --	
-- : --	
-- : --	
-- : --	
-- : --	
-- : --	
-- : --	
-- : --	
-- : --	
-- : --	
-- : --	
-- : --	
-- : --	
-- : --	
-- : --	
-- : --	
-- : --	

📝 NOTES:

☆ PRIORITIES

◎ GOALS

☑ TO DO

SUNDAY
December 31, 2023

⏱ TIME

- - : - -
- - : - -
- - : - -
- - : - -
- - : - -
- - : - -
- - : - -
- - : - -
- - : - -
- - : - -
- - : - -
- - : - -
- - : - -
- - : - -
- - : - -
- - : - -
- - : - -

📝 NOTES:

☆ PRIORITIES

🎯 GOALS

☑ TO DO

- [ ]
- [ ]
- [ ]
- [ ]
- [ ]
- [ ]
- [ ]
- [ ]
- [ ]
- [ ]
- [ ]
- [ ]
- [ ]
- [ ]
- [ ]

e-mail us at : aynatelier@gmail.com

Made in the USA
Monee, IL
17 January 2023

25449072R00224